AQUARIUS

AQUARIUS

AQUARIUS

AQUARIUS

每個人心中都有一座島嶼，
藉文字呼息而靜謐，
Island，我們心靈的岸。

當我參加她外公的追思禮拜
廖梅璇

當我參加她外公的追思禮拜

推薦序一

後玻璃年代

陳栢青

窗才是鏡子。多少次就著玻璃餘光撥自己的髮，那裡面的自己有一種模糊。臉頰顏線簡陋了不少，疏理起來很克難，卻感覺自己在偷。趁所有人不設防的時候，仍然得以把眼光緊緊鎖著自己，不打算留給外人一點破綻。

很多年後我都記得這一刻，頭髮撥著撥著，那裡頭的自己，忽然走開了。

或是鏡子終究是窗，只是自己的臉疊在另一頭某人身上。他終於走了。但留下一個乍明還暗的影像。會一直刻在我心上。

成為一則鬼故事。

廖梅璇所有的散文則是，鬼還留在那裡。

散文是讀者的窗，我們經過書寫者的人生。廖梅璇的文章是通風良好格局方正的現代主義建築，很簡明，結語總在收束，吶喊的時候少，不過分延伸，只是將觀察作一番妥貼的收納，窗明几淨。她把自己訓練成思考機器，文章有邏輯性。理性昌明，也能引用傅柯，談規訓，講什麼都說得明明白白，彷彿光天化日下無任何驚詫之事。一切都可以攤開來檢視。

這樣明亮透澈，筆尖探入卻是精神病患「四方樓梯以違反物理之姿擰扭相銜接」的封印結界。心智裡茫然四顧是被關冷凍庫一片霜白，生活卻移到瓦斯爐上，「失業」、「待業」一次又一次驚心打出藍燄煎著肉身皮囊。更別說還有性別愛慾的掙扎：「我和你都是等待被虎撲的羊」。有原生家庭裡與奉黨國如宗教神明的父母幾次寧靜革命……父喪。出國唸書夢碎。待業。失業。憂鬱症。出入精神病院。職場性騷擾。生活壓逼。感情上男男女女誰控制誰操縱誰混亂關係……

廖梅璇的散文集《當我參加她外公的追思禮拜》裡頭不留一點活路。那不只是貼近自己，根本是逼了。她把自己逼到一種極限，不讓自己快活。也不讓讀者活，我們沒地方跑。她把一切都放出來，放得很開，卻又收得很好，因為再下去，就沒有了。

誰知道乾淨有一天可以作為一種恐怖，透澈則是一種殘酷。

主題和敘述口吻相悖反。輕快與黏膩。極明亮，卻又暗影幢幢。廖梅璇是用一種臨窗的姿態在照鏡子。以經過的方式書寫自己。遂成為一種風格。

但那還不足以成為廖梅璇。多看幾次，忽然發現文章裡有鬼。

書中收錄同名篇章〈當我參加她外公的追思禮拜〉裡，廖梅璇回憶和女友去看久病的阿公，她描述女友「遺傳了阿公的深刻人中和粗短手掌，祖孫兩人臉對著臉，有那麼一瞬，我錯覺阿公的枯敗面容貼覆在女友臉上」。

女友的臉中還有臉。

書中收錄〈父親〉一文全長一萬五千多字，佔全書六萬餘字的五分之一。幾乎當自傳在處理，裡頭的「我」和父親既攙扶又背對，其實是與父親背後黨國餘蔭拉出的長長陰影相抗拮，廖梅璇寫：「有一天洗臉，我望著鏡子，蒼白隆突的額頭，眼睛坑窪，底下青暈滲開來，我長得像父親，鏡裡驟見，彷彿與他狹路相逢，精神折磨對應著肉體的煎熬，無限交疊重複下去。」

連我的臉中都有另一張臉。

寫感情糾葛，〈雙〉裡頭既和男孩「阿遇」拗手把似彼此以身體和身世互憐互慰，相愛又傷害著，但仍對女孩不能忘情。她寫道父喪後：「望著冰櫃裡父親僵硬遺體，感覺阿遇和許多面目模糊的裸女身影圍繞在我們父女身旁，笑嘻嘻的……」

臉又疊上來了。

而另一篇寫精神病的篇章裡，去求職看著主管的臉是「我盯著他泛油浮粉的臉，與父親的枯槁臉容交疊……」

或她寫搭公車時遇到持刀的女人，「殺……殺……殺了你……」，她卻只是凝視著這名持刀紅玫瑰，「我混亂的頭腦變得異常清晰……渾身肌肉鬆開來……」，為什麼自己不怕呢？書寫者說很久以後她才想起來，「儘管當時我還沒有病識感，我已經擁有精神病患的特徵，能感受其他精神病患心裡的顫動頻率，不但不畏怯他們如影隨身的黑洞，反而激起我靈魂的共振……」

一切都在疊印，臉中又有臉，關係還有另一段關係。前因後果，他者與自我，誰壓迫誰，誰和誰像，誰取代誰，理不開的。她帶我們去看。看得多清楚，這個清楚，其實是看透。透明不只是風格，更成為詛咒，連事物的背面都透穿了，　切都有關係，明明那麼清楚，可以畫出線條，卻又從哪裡開始不對勁，搭錯線了，當臉孔沿線接上另一張臉，開展出花朵橫切面無限相似又彼此相異的花瓣紋理，沒有盡頭了，那就是迷宮的誕生。

在我之中，總是有他人。

在他人之中，都有我。都有我的父親。

總有另外一個人。

而我將永遠被困在那裡面。

那不是我。

但那就是我。

我，也許是自己的地獄。

這是一座臉之迷宮。我不知道有什麼比這更恐怖。更令人燥狂欲死。

分明是那麼剛截清晰的線條。明與暗。一條條，一畫畫。乍回頭，什麼時候，交纏迴旋成白紙上無數黑色圈圈。力可透紙背。明晰的錯亂。清明的瘋狂。這是廖梅璇的散文集《當我參加她外公的追思禮拜》。

所以她書中寫了什麼？

她處理了性別。回首家庭。凝視精神疾病。那是一個吾／無父的城邦。爸爸媽媽投射出的影子裡有黨國的幽魂附體仍在、在感情世界裡則和異性戀男孩既引誘又互相傷害，在此世難存，「一切存在著的都傷害著我」，想逃，想離開故鄉，想去台北，想出國，想貼近女孩的懷中，但下一站不過是又一站，一切只是中途。旅程是這樣開始的。流放是在回頭後才驚覺已經踏出第一步。於是各篇散文中時而是面對吾父的城邦那巨大的銅像壓面，時而是乍然闖入無父的城邦，一時舒展羽毛卻不知道可以就此放鬆飛去，受驚動物似瞬間遲疑、驚詫回過頭，天寬地闊，卻在那個「／」斜線之間游移。好看在這裡，好像可以輕易的歸納，但又不是這麼簡單。好看在，當它是一本散文集的時候，單篇是切面，但多篇連著讀，事件連結，感情起伏，就成了故事。你知道她有女友了，你知道她們在一起十數年了，你知道她跟男孩交往過。你知道她曾經生病。你知道她在最艱困的時候，應該放棄了，但沒有。有個人陪著她……這樣一點一點組織起來，臉中還有臉，篇章之外連著篇章，這也是一種疊印，而記憶是這樣構成的。認識一個人也是。這就是所謂的厚度吧。這是用生命在寫的書啊。廖梅璇幾乎把人生攤開給你看了。無比裸露，這時，不是透了，而是一種近。你不只是靠近她，而是靠近自己。

（也許，那裡頭，有我的臉。）

（我懂，我真的懂。）

（真想親吻她，跟她說。你辛苦了。）

（像是親吻了自己。）

值得一提的是，集中〈父親〉一文寫到離世父親的最後時光，寫鄰近死亡的側臉，寫那個患病的氣味，排泄物比愛的耳語還要直接且原封不動通過身體，同樣的場景與內容，廖梅璇曾經以小說處理過，〈咕咕〉獲得第三十四屆中國時報文學獎短篇小說獎，該篇小說最後，父親死後的排遺幻化成一隻隻鴿子，它們輕盈而秩序的振翅飛走了。而在散文裡，鴿子退回魔術師的帽沿裡，你逃不掉的，高溫讓玻璃近乎液態與固態之間，生活裡沒有放鬆的一刻，連此刻經過的你都會被凝結下來。就算只是觀看。但廖梅璇卻堅決要去看，她要直面對決。就是這個直，毫不移開眼睛。散文之所以成散文。

讀這本書便像是火車迎面，讓平裝像精裝厚皮那樣高速砸向你。

我很少這樣痛過。

但廖梅璇挺過來了。

現在，她要帶我們翻過去。翻開下一頁，接下來這些，是為了未來書寫的。

祝福她。

推薦序二

荊棘裡的哀謐花園

鍾文音

〈當我參加她外公的追思禮拜〉環繞著女女感情書寫，將個體滲透進家族的地層，然後試圖撼動地表，抵達深處。作者以參加死亡儀式來揭露感情的「異質」身分，在同質化的喪禮儀式裡，「我」靜靜地成為喪禮上的某個如羅蘭．巴特在攝影觀點上提出的「刺點」，感情的刺點，最後成為身分的認同。儀式的哀歡，親族往來的種種，描寫得深邃，且動感十足，尤具視覺畫面的催化效果。文字靈動，帶出阿公雖然不懂女女感情，但亡者阿公卻是最能全盤接納他們的對象。而這個住安養院的阿公，形象更是具體，「他像一袋骨骼，裝在皮囊裡晃動。」，又辛辣又心酸，「像一把老薑」，以「按呢好」作結，漂亮的弧度。一路寫來自然，在自然裡隱隱地淌著血與淚。如此的感情書寫，超越身上的血緣，超越歲月的扭曲變形，表面雖寫纏繞的血緣枝葉，卻將色身風景如刺繡般勾針而出。深刻寫出屬於自己感情的樂園與色身的墓園，雙重性的調度書寫，穿梭過去與未來，將女女的感情板塊重新寫一回，既定錨於家族譜系，又解離自家族的位階，航向堅定而廣闊的路徑，讓我們跟著走進這獨特「執子之手」的靜謐花園。

代自序——

回顧書裡收錄的文字，最早可追溯到二〇〇五年，最晚至二〇一七年，時間跨過整整十二年。十二年足以讓植株漲成綠蔭，父親的牌位燻染上檀香氣息，母親失去膽囊，我也變更了容顏。

倒是老家經歷九二一地震的牆壁裂開細細一線，沒繼續擴張，我也成為憂鬱症的倖存者，平靜地活著。

感謝我的朋友林欣誼與鄭順聰，早在十多年前我憂鬱症嚴重發作時，欣誼就提點我可以透過書寫紓解痛苦，後來又鼓勵我將作品集結成書，而順聰一直關懷我的寫作與發表機會。感謝寶瓶總編朱亞君，在她溫柔的鞭撻下，我逼著自己面對過去，抽噎著吐出一段段文字；感謝執行編輯周美珊的細心溝通，安撫我第一次出版作品的不安。感謝我的女友，永遠當我第一個讀者，幫我校對，給我意見，像一〇一大樓裡的阻尼器，在我情緒搖撼時穩住世界。

感謝母親，在父親過世後，她堅強承擔了許多，怕我擔心，不讓我知道，但我其實是知道的。

遇見你們，我很幸運。

目錄

輯三 記憶迴路

目錄

輯一

沿途荒涼

當我參加她外公的追思禮拜

冬季最冷的一天，我和我女友去參加她外公的追思禮拜。

我和女友都是女的。

最初見到阿公，他是個寡言的高大老人，一身錚錚鐵骨撐起日式教育傳統大男人的威嚴，只對外孫女溫顏軟語。女友幼時跟阿公阿嬤住，獨佔老人的疼寵，與其說是外孫女，更像老來生的屘女。阿公中風後，家人把阿公安置在家附近的安養院，女友和我時常去看他。我看著阿公逐漸衰朽，直到某個深夜接到他過世的消息，享壽九十。

追思禮拜當天，女友舅舅開車載我們一行人到教會。女友母親打開車門，按住紛飛灰髮，眼角皺紋蝕進髮鬢。我知道她是緊張的。她出身南部仕紳家庭，上一輩在日本時代便紛紛前往日本留學，為家族注入進步氣息，並保留了本省家族的拘謹教養。到女友母親這一輩，形容舉止仍散發著舊日大家風範，像日光靜靜停駐在善本書上，雖然眼看就要翻頁了。

這些軼聞都是聽女友說的，我認識她父母弟弟舅舅舅媽表弟表妹，但沒出席過大家族親戚聚會，只見過姨婆舅公們的照片。畢竟要對親戚介紹我們的關係，太不方便。

不方便，儘管我們已經同居十一年，我和她的關係，仍是不方便公開的真相，脫離了倫理學範疇，踰越了對性別與愛情的想像，甚至沒有一個稱謂來界定歸類，嵌進親屬網絡，焊進家族樹圖譜。過去顧慮女友，我也迴避掉家族相聚的場合，獨自在兩人蝸居的公寓等女友回來，聽她描述親戚的精采人生。

然而，一種奇特的心理驅使我告訴女友，我想參加阿公的追思禮拜。我想親眼見識穿梭在女友早年生活中的身影，考掘我們愛情的史前史。同時，我覺得即使沒公開出櫃，光是在家族聚會現身，就是一種對抗沉默社會壓力的宣示。

女友於是跟母親說，阿公過世前幾年，我去探望他的次數比其他親戚多，理當擁有追悼的權力。她說，假使親戚問起我的身分，她打算說是朋友，他們能領略就領略，不懂也無所謂。我能理解女友性格裡缺少出櫃戲劇性的壯烈，對「朋友」的稱呼卻略有不滿。儘管我的性傾向讓我背離人群，潛意識還是渴望得到認同，尤其是女友家人的認同。

但我不想為此跟女友嘮叨。阿公阿嬤於她比父母更親。阿嬤幾年前先走了，留下阿公，如今阿公也離開了。有些深沉的哀傷是只能一個人浸沐，不容侵擾的。

我們魚貫走進教會，工作人員在每個人衣服貼上金色十字，一人發一本追思錄，裡頭集結了親人的追悼文章。女友母親是虔誠的基督徒，多年來努力在信仰與女兒同志身分的衝突間保持平衡，愛屋及烏極照顧我，但她所屬的教會有不少反同聲浪。我低頭瞅著被按到胸前的金十字，感覺自己像黑羊得了白化症，被誤標成上帝的純潔羔羊。

會堂有三排座椅，中間一排前兩列是家屬專區，女友的父母舅舅舅媽表弟表妹坐第

一列。我坐第二列靠走道的位置，女友坐我身旁，另一邊坐著弟弟媳姪女。我將脖子縮進大衣裡，翻看追思錄，盡可能保持端凝姿勢，像一個宴會裡生疏面孔的客人，尷尬但不失莊重，讓人看了即使起疑，也覺得這人有坐在這裡的正當理由。

背後人聲漸嘈，我轉頭望去，門口湧進一波黑大衣，向座椅蔓延過來，擠在過道，握著女友母親和舅舅的手。前來弔唁的親友大半兩鬢灰白，多年不見，久久凝望著彼此溝壑崎嶇的臉面，比對記憶中的形象。有些稚嫩面孔混雜其中，那是女友表姨舅們的孩子，雖與女友同輩，年紀相差十多歲。家長拉著兒女向親友介紹，親戚們知曉身分後驚嘆聲四起，拉過手端詳年輕臉龐，搜索其間流逝的恆河時光。

寒風一直從門口灌進來，空氣卻微微稠密起來，親戚們克制的親密與關懷讓人有些窒息，但又不是不舒服，大約這就是女友形容的仕紳家族教養了。

突然人群起了一陣騷動，讓出一條路，一位個頭大約只到我肩膀的老太太緩步走來，積霜白髮下，臉龐枯縮了仍然雍容，珍珠胸針扣住羊毛披肩。女友對我悄聲說：「是二妗婆。」二妗婆是阿公僅存的同輩人。親戚們簇擁著她，自報家門，提點老人自己是誰的兒子女兒媳婦女婿，二妗婆含笑頻頻點頭。冷空氣裡悲喜交融，近年不是晚輩婚禮，就是長輩喪禮，黏合家族團圓。

女友和弟弟弟媳表弟妹都起身去迎接二妗婆，剩下我一個人，夾在最前頭兩列長椅間，像凸起一顆疙瘩般觸目。有些人注意到我，低聲猜測我的身分，所有人都搖頭，表示不知道來歷。我想起一些廣為流傳的故事，比如告別式上出現一張可疑面容，事後家屬才得知是死者的私生子。這類家族儀式讓人分明感覺到空氣中無形綳著一條線，劃分內外區別。

拱肩坐到腰背僵痛時，我轉過頭窺看後頭。不巧二妗婆與我對上眼，她湊近一個親戚，瞇眼不確定地低語：「啊……這是啥人的查某仔？」親戚定睛看了我一會，搖搖頭。她們的對話雖輕，仍清晰傳入我耳中。我尋找女友的身影求援，看到人群中她和弟弟一同向親戚致意，臉上流露我所不熟悉的恭謹，瞬間拉遠了我們的距離，很明顯的，她是這家族的後裔，而我是冒失闖入的外人。二妗婆轉頭問其他人，對方似乎沒聽到，也就算了。我臉頰微微發燒。在寒流中，女友家族體內基因相似的血液蒸騰成熱氣，籠罩著這群人，而我陷在寒意裡，倚賴自身的羞窘取暖。之前跟著女友家人上車時，期待能搖撼異性戀體制的勇氣消癟了，我覺得自己渺小又可笑。

親友大致到齊，坐滿了教會。唱詩班上台唱了兩首詩歌後，換一位傳道上台，對台下諸親友講述阿公生平。親戚們逐漸對冗長的講詞感到不耐，皮鞋摩擦地板的嘎吱聲和輕咳竄了出來，下意識抗議傳道作為家族外人，壟斷追懷故人的寶貴時間。

耳邊刮著傳道的絮叨，我想起和女友一起去安養院看阿公的日子。阿公中風後，後半生記憶隨著腦血管爆裂坍塌，只餘下關於故鄉的斷垣殘瓦，伴他大半生上班通勤的腳踏車，和坐在腳踏車上揮舞著小胖胳膊的外孫女。他的短期記憶力趨近於零，話傳到耳畔還未成形便消散，我們得重複好幾遍，他才勉強吐出幾個破碎詞彙回應。女友想引阿公多開口，常提醒阿公，我上回來看過他。阿公總是面露困惑，抱歉地說：

「按呢喔？」

有一陣子阿公血液鈉含量過低，常處在昏睡狀態，我們就坐在床邊，聽紗窗外收音機傳來哀愁的台語歌，等他醒來。點點老人斑從阿公稀疏白髮下的頭皮蔓延至浮腫臉頰，眼縫張闔間剩下一線。

去安養院的次數多了，負責照顧阿公的印尼看護認得女友和我，不避諱在我們面前掏出阿公的陰莖，替他排尿。澄黃液體潺潺流入尿袋，那陰莖不過是一截乾燥的肉，完全讓人無法聯想到性。我非常震動。阿公一生脾氣倔硬，臨老卻不得不馴順地任人擺弄。

看護常幫我們把阿公從床鋪移到輪椅上。他像一袋骨骼，裝在乾癟皮囊裡晃動，隨看護動作撞來撞去，卻又出乎意外沉重，看護一時扛不住，一截身軀便直直往下溜。然而她究竟年輕，棕褐手臂一使勁，就把阿公穩穩抱起，塞進輪椅。

臥病晚期，阿公喉嚨時時滾動著痰糊，他會伸出裹著手套的手，顫巍巍想扯落鼻胃管，女友趕忙按住他的手。阿公皺著眉，抖著下頷贅皮，嘴巴一抿一抿，上唇包著齙牙，像鼓鼓含著滿嘴的話，說不出口。

我望著女友拉著阿公的手，她遺傳了阿公的深刻人中和粗短手掌，祖孫兩人臉對著臉，有那麼一瞬，我錯覺阿公的枯敗面容貼覆在女友臉上，乾萎手掌蜷在我掌心，像一把老薑。我悚然意識到，我和女友一直游離於世俗的親屬網絡外，等我們老了，沒有子嗣，沒有親友的扶助支撐，是否四顧茫然，只有彼此可以依存？女友母親每天來安養院陪伴阿公，阿公尚且不能忍受無法自主行動的屈辱，頻頻萌生死念。當我和女友年邁，如何承受孤立無援的悽惶？我和她，我們都是多病的人，深知疾病會讓病人淹溺在感官痛癢，無暇回應愛，慢慢將相處變成煉獄，恐懼像一根粗茸貓尾，在我心上掃來掃去。

但某個陽光爽暖的日子，或許是空氣裡與南部故鄉早夏相仿的氣息，喚醒阿公沉睡的心智。那天阿公反覆詢問女友多少歲，又問我的年齡。三十幾啦？嫁了沒？還沒喔？阿公點點頭，立刻灑漏了記憶，繼續問同樣的問題。為了讓阿公能留住丁點訊息，我們一遍遍回答，直到阿公恍然大悟，反覆說，你沒嫁，你嘛沒嫁，你們住作夥？阿公的淺色眼珠一如晴空，沒有絲毫雲翳。好，好，按呢好。他點點頭。

回到家女友和我才會意過來，阿公是說，我們住在一起好。他不像某些偵測我們關係的長輩，說兩個人互相照顧也好，來緩和觸探到同志話題邊緣的尷尬。他只說，按呢好。

唱詩班歌聲靜下，終止了我的追想。女友母親上台，撫撫灰白捲髮，指示投影機放出阿公的照片，第一張年輕清俊的模樣在場誰都沒見過，認識這少年的人都不在世上了。歲月跳接到中年嚴肅剛直的阿公，抱著襁褓裡的嬰兒端詳，眼神透出對第一個孫輩，一個美麗新生命的驚奇。接連好幾張照片都是女友兩三歲時和阿公的合照。小女孩的肥嫩雙腿掛在阿公肩上，阿公仍板著眉眼，只有嘴角流露一絲笑意，與小女孩的咧嘴大笑相呼應，笑開三十多年前的湮黃時空。女友忍不住啜泣起來，我掏出一疊衛生紙給她。

一幅幅照片掠過投影幕，像是重新演練一遍歷來的家族聚會，照片中人正是女友跟我說過無數次，回憶中長輩風華正盛的樣貌。阿嬤姨婆穿著溫雅日式套裝掩嘴巧笑，舅公們神采奕奕，女友母親和表姨們彼時仍是時髦少婦，年幼的女友和表弟妹依偎大人腿邊。會堂嗚咽聲四起。老一輩身上流動的家風，一種矜持的自傲，已隨長輩先後過世流散，而浸淫在這氛圍中長大的女友母親與姨舅那輩人，正邁入黃昏餘暉。

旁觀眾人的傷懷，我思索著，我與生於這家族的女友相戀，我喜歡她身上沾染的老式教養，但我究竟是個外人，我從未參與過他們的言笑晏晏。隔著距離，我體會到他們對舊日繁華的鄉愁，但也明白了女友作為一名女同志，如何溫和叛離了她所依戀的傳統，堅持踏出自己的人生途徑，而突破藩籬，恰是六十年前長輩從日本帶回的新思潮。

「我們終了，神的開始，我們有限，神無限……萬事都有定期定時，唯有父神知道。」最後一首聖歌響起，陣陣冷風彷彿被時間的壓力灌入會堂，掃過每處蒙塵的角落，撲滅生命種種可能。我的視線隨著歌聲拔升至穹頂，赫然見到上帝的雙眼凜凜俯瞰眾生，不分男女老幼人人侷限在各自的位置，無所遁逃。我閉上眼，感覺層層衣物底下的身軀驟然老去。

再睜開眼，阿公飽經病痛折磨後的寧靜眼神，取代了上帝的凌厲凝視。

唱詩班下台。親戚們再次擁上，圍著女友母親和舅舅握手擁抱，二妗婆的冷銀白髮埋在一堆大衣肩膊間，似乎斑駁了些。

三姨婆的兩個孫女來找女友致意，兩姐妹眼眶泛紅。去年她們的祖父和父親相繼過世，兩次告別式女友都去了，今年三人又在同樣場合碰面，下次相見可能又是喪親之際。我看著兩位表妹輪番擁抱女友，數算她們的年齡，也過三十了。我們這世代的人，似乎是在透支青春將盡，才在一次次葬禮中逐漸長大，認知到衰老與離別，時間不可抗逆的強大力量。

禮拜結束，女友母親與舅舅站在教會門口送客，親戚陸陸續續散去，撐傘走進綿綿細雨，泯然於灰濛街景，再也分不清誰是誰。我走出教會，撕下衣上的金色十字。雨絲被風斜刮進大衣領口，我把手插進女友大衣口袋取暖，摸到一團衛生紙，溼黏半乾。

走回家時，經過安養院巷口，我想起阿公的床位已經空了，看護或許正在為另一個老人導尿，床邊不知是否擺著同一張空椅？生命是不毛岩漠，我和女友在飛砂走石中結伴匍匐前進，望不見終點，前頭長輩背影一個個佝僂著走進煙塵，回首後方卻空無一人，只有影子忠誠尾隨。

還好現在我們要回家了，我們兩人的家。將來有天我們或許拐個彎，再走進安養院，躺臥在隔鄰兩張床上，在病痛的囹圄裡，凝視獄友親愛熟悉的臉。再後來，我們會同往那處。我和你一起，便不會太害怕。按呢好。

※本篇獲二〇一五年梁實秋文學獎散文首獎。

QUARTZ

父親

我在七歲之前，沒有關於父親的影像記憶。

回溯三十年前的往事，像沉潛入海泅泳，混濁的波湧漫進眼裡，湮糊了一切。但我分明看見七歲的我，剛上小學，似乎是為了作業的問題，追問母親父親對我好不好，我想不起他跟我相處的情形。母親立即回答：「當然好囉！」豐潤的臉龐笑得心虛。我不死心：「那我發燒時他有照顧我嗎？」小時候我多病，習慣以臥病時母親的憂心忡忡來定義愛。

「有！有！」母親誇大語氣，也掩飾不了不確定感。我明知她說的不是實話，還是附和著笑了。

我和弟弟從小只知道父親從事與軍警相關的神祕工作，但他從不告訴我們他的職務，直到我大學畢業後他過世，母親才說父親曾在警備總部工作。小時候我們住在南部鄉下政府配給的日式宿舍，父親大部分時間都在外地出差，母親在附近市區郵局上班，她也隸屬某個國安單位，負責拆看信件檢查。我和兩個弟弟由母親的祖母，也就是阿祖照顧。

或許因為父親在日式宿舍前後院種滿花草，山茶與桂花香氣環繞著陳舊木造房舍，七歲之前我雖然記不清父親的長相，卻篤定我是有父親的。記憶裡偶有影像殘片一閃而過：炎熱的夏天，我抱著膝蓋坐在門口屋簷下，藍天把我壓縮成一小點，通往大門的水泥小徑燒成了熾白。大門忽地打開，一個瘦長身影夾在兩扇鐵門間閃進來。我望著眼前的陌生人，等母親的腳步從後頭屋舍奔出來。

父親出差歸來的這一幕，究竟是真實發生，還是母親多次向我補述後再造的記憶？我始終不確定，倒是父親退休時與同僚的惜別宴，我有些許印象。

那時我剛上小學，阿祖回阿公家養病，就在我問母親父親愛不愛我過後不久，父親回家了，一連在家待了許多天，我們終於習慣了他的存在。某個夜晚，父母帶我坐公車到市區，進了一間餐廳，觥籌交錯的菸酒氣撲面而來。我一邊啃吮著蝦貝，一邊觀察大人間的互動，覺得有點奇怪，每個人都向父親敬酒，看來父親是宴席的中心，但他的同僚舉止卻比他更像主角，有些人用力拍他的背，嘴裡說著道賀的話，語氣卻含著孩童也聽得出的輕蔑。父親微弓著身軀，漲紅著臉一一回敬。我不懂父親為何在同僚豪氣舉止前如此卑屈，只是直覺為他感到憤懣。

多年後，我才知道父親受到被排擠的上司牽連，升遷無望，四十歲就提早退役。無論如何，父親總算回家了。父親賦閒的日子起初是愉快的，他修好了宿舍夾層樓塌陷的地板，拆掉一樓邊角，跟水泥和砌磚師傅一塊闢建出新廚房，積累多年的髒垢被清除乾淨，陰暗空間透進微光。我們居住的小巷兩旁都是警總配給的日式宿舍，鐵道隔著雜草叢生的空地和柵欄橫過巷尾，整條巷子呈倒丁字形。曾在警總任職的職員大半已老邁，第二代離鄉工作，留下和我們差不多年紀的孫輩，交給祖父母照顧，宿舍依家庭富裕程度多少改建過。在職場受挫後，父親重新發現了他忽略已久的家園，敲敲打打整修改造。他在後院石牆邊種了簇簇深淺紫花，湊近深嗅卻是掃興的蒜味，後來才知道花名就叫蒜香藤。深綠葉片圍攏的桂花灌木，和孩子身量差不多高，路過香氣便沾上衣角，屋裡屋外都染上父親的顏色氣息，彷彿他從未離開。

修補他與孩子間的生疏，卻沒那麼容易。父親沉默寡言，不輕易表露感情。弟弟們好動，父親沿用軍旅習慣常訓斥他們，有時也拿藤條打，反正男孩子皮糙肉厚，至於女兒，他卻不知該如何應對。他看不慣我因為多病被母親嬌寵，也不高興母親花一個多月薪水買鋼琴給我，讓我上鋼琴課。父親完全不像我從課本讀到疼愛子女的好爸爸。跟他待在同一空間，我總是渾身不自在，兩人之間像填滿海砂，吸納情緒至乾涸。

很久以後，我將父母口中透露的點滴匯聚起來，才得以回溯他們的生長背景，我的史前史。我的父親母親是荒僻山村裡貧窮家庭的長子長女，底下拖著一長串弟妹，像台灣舊時農村多數長子長女，他們一肩扛起拉拔弟妹的責任。母親大學畢業後，放棄出國留學的獎學金，從事情治單位基層工作來改善家境，父親更是國中畢業就投身軍旅。他們為家裡買進第一台洗衣機、電冰箱，母雞護崽般送弟妹進學校。黨國在他們眼裡，像一個慷慨施恩的父，應許他們過上豐裕生活。

自我有記憶以來，我父母一直採取職業所需的謹慎作風，講話永遠迂迴，將整個家包裹在謊言裡。每當我從學校拿回學籍資料表，問母親父母職業該填什麼，母親總是含糊其詞，只說是「公務員」。我同學的父親大多開水電行、五金行或擺小吃攤，母親幫忙家中生意。我朦朧意識到我的父母與其他父母不同，他們共謀隱藏著一個祕密。

從那時起，我就養成窺視父母臉色的習慣，揣測他們話語後真正的含意。父親將家園整修到告一段落，忽然像是對我們失去了興趣，不大待在家裡了。我聽到母親數落他不願接受保全主任月薪五萬的工作，父親抿著嘴，把頭埋進報紙裡。父親老家在鄰縣山上，我未曾謀面的祖父母過世後，留給他一些土地，當時父親大概已起了返鄉務農的念頭。

那一陣子父親結識了一幫工人朋友，有時和新朋友通宵痛飲，忘了他有三個孩子，和妻子在家裡等待。母親每天下班從市區趕回家煮晚飯，我坐在客廳讀書，總聽見廚房裡碗盤鏗鏘撞著洗碗槽，菜刀在砧板上剁出對父親的咒罵。深夜，我躺在夾層樓阿祖留下的眠床上，聽鐵門悄悄開啟，刮過地面，母親衝到前院咆哮，父親喝得醉醺醺的，話裡流露濃重酒意，虛浮地道歉。寂靜猝然破裂，母親將父親釀的好幾甕酒摔碎在地。我睜著眼，對母親的歇斯底里深深恐懼，對醉後仍自制的父親，倒只有些微反感。

過後另一個夜晚，同樣在三更半夜，我躺在燈泡微黯金光中，客廳的吵鬧傳入耳裡。母親的啜泣爛糊成泥，牽出幾絲咒罵，父親的聲音低得幾乎聽不到，偶爾漏出喃喃一兩句。我繃緊神經，慢慢聽出一個輪廓。這次他們不是為了父親酗酒吵架，而是父親瞞著母親向外公借錢，在山上老家近傍買了農地。

母親的哭聲轉為絕望的嗚咽，父親的沉默隱隱透出安心，錢已經花光了，母親一番哭鬧下來心力交瘁，也不能拿他怎麼樣了。我驚覺表面看來強勢的母親，私下被吃定時只能無助哭泣，全然無法左右父親的決定，而親戚公認為人仗義的父親，竟如此無賴地瞞騙妻子。我側過頭朝著弟弟房間，黑暗裡仍響著規律的鼾聲，我感覺全世界剩下自己全心全意同情母親。我妄想自己驀地高大起來，抱住像小女孩般哭泣的母親，好好安慰她。

我不熟悉父親老家的山村，也無法理解父親為何期盼荒蕪田地繁衍出美好遠景。有時看父親蹲在院子裡，手持小鏟子耙挖出泥坑，扦插植株，臉上流露出罕見的溫柔，或許因為植物讓他想起四季流轉的蒼翠童年，於他比孩子更親近。我們這些孩子不但同他生分，又頑劣不馴，父親對我們大概是失望的。他寧可呵護植物，也不願為我們買份早餐。

我在父母間劃出一道界線，楚河漢界涇渭分明，而我當然是和母親站在同一陣線。然而，父親個性裡有一些母親缺乏的感性與想像力，吸引著我偶爾挪到界線另一端，遙遙親近著這個男人。父親曾經從舊單位搬回一套軍中作家選集，占了書櫃一長格。小學時我常翻著一本本綠色薄冊子，砲火在陌生地名間壯麗綻放，驚心動魄的戰爭史詩，勾串著迢迢遷徙傳奇，盡是大時代的崇高剪影。對照鄉間日常，公車司機搖下車窗啐出猩紅檳榔渣，喪家出殯時電子花車女郎扭臀大跳脫衣舞，我生活的鄉鎮顯得如此落後粗鄙。我暗自認定，操著主播腔調國語的中產外省人，才是書中愛國者的後裔，一個更為高尚的族群。

儘管父親是軍中人事傾軋的犧牲品，他仍衷心熱愛黨國。他很高興女兒喜歡軍中作家選集，最好能和他一樣擁護書中所謂的中華道統，黨國偽造出來，堯舜禹湯文武周公孔子乃至國父蔣公的儒家聖王傳承。

以今日的眼光來看，我的文學啟蒙如此政治不正確，但錯謬的起始卻包裹在柔軟回憶裡。午後，我坐在父親的竹編躺椅上看書，陽光篩進毛玻璃窗，舊黃紙頁絨毛，沿著邊角亮著微微的金。外頭傳來窸窣聲，是父親在後院給花草澆水。爭執和紛擾消失了，整個我連同這個家被父母綿密保護著，沉浸在安恬裡，這一刻似乎可以永遠延續下去。

長大後我讀到關於八〇年代後半的台灣社會描述，港劇已占據台灣人視聽，社會動能隨著經濟發展升溫，蒸騰凝聚成密雲，籠罩著解嚴前夕的台灣，但我父母聯手把新資訊關在家門外。當同學的父母紛紛在家裝設閉路電視或小耳朵收看新節目時，我們家仍在晚飯時間，固定等待老三台七點的新聞。我封凍在蒙昧裡，讀著過時的反共抗俄，即使有時對外在世界趨勢感到好奇，我仍馴順聽從父母管教。

幾近凝止的時光，因為一個人的死而消融湧動起來。國小三年級時，我記得我趴在一樓父親新漆的書桌上寫作業，父親悄然走進房間，行動間有些躡手躡腳，輕聲對母親說：「蔣經國死了。」他唇上敷著薄薄鬍髭，掛著奇異的微笑，彷彿終於等到末日降臨。

「哦？」母親半張著嘴，無法決定做什麼樣的表情，最後膠固成恐懼的笑。

我是在成長過程中，慢慢理解我父母從年輕時就倚賴著黨國，給予他們物質與精神上的飽暖，如稚子仰望全能的父。強人的死亡，意味著往後政治權力更迭消長已非黨內說了算，四十年築起的囹圄倘若一夕崩塌，我父母將無法再依附這個體系生存。其後兩年農運、工運與社會運動烽煙四起，電視新聞常出現警察與抗議者拉扯衝突的畫面，父母便把他們對時局的焦慮，發洩在衝撞體制的人身上。

母親最愛在一家吃晚飯看新聞時，以她那個年代大學生的優越姿態，批評藍領黨外人士受有心人挑唆鬧事，被毆打或逮捕是自己活該。父親通常不說什麼，夾一塊破布子炒蛋慢慢咀嚼。他喜歡和工人農人交朋友，沒有母親強烈的中產階級意識，但有時也用分外理性的口吻，說他們都收了黨外組織的錢，滿臉洞悉人局的超然。我順著一屋同仇敵愾的氣氛，根據看報得來的一星半點資訊嘲弄運動者，母親露出讚許的笑容，我也笑了。

時間一點點滴穿父母打造的安全空間，暴露千瘡百孔。起先只存在於報紙電視上的變化，蔓延到現實生活。升上中年級後，有老師像我父母痛罵暴民遊行阻礙交通擾亂社會，但也有老師突破禁忌，說起二二八、美麗島、政治犯、白色恐怖，一個個隱沒在歷史陰溝的故事殘骸被打撈出土，曝乾，重現那段陰慘過往。

我所居住的小鎮和鄰近市區在二二八中受創慘烈，解嚴颳來一陣颶風，掀開蒙在城鎮上空的厚重油布。老師說起火車站前的行刑槍決、藏在床底下的禁書、深夜令人怵慄的敲門聲、一去不回的失蹤人口。一夕天光，長期活在集體謊言中的老師舒了一口氣，吐出沉積在肺葉的鬱悶。藉由對孩子傾訴先人的沉冤，這些老師似乎減輕了噤聲的共同責任，一個個站到審判的位置，指向罪人。

罪人目標包括黨國權貴與其庇蔭的後裔，以及權力結構最下層的幫凶打手，特別是警備總部。他們是在背後潛行尾隨的陰影，一隻監視蟻民的巨大複眼。提起警總，老師們總是不自覺壓低聲音，氣音吐露一樁樁駭人聽聞的惡行。他們是戒嚴體制中最可恥的一分子，極權巨獸皮毛末端的利爪，台語所謂的「抓耙仔」，掌握在統治者手心遙控，不斷抓耙沾取他人舉止言語背後的意義，構陷汙衊無辜百姓。

我無法將「抓耙仔」的形象和木訥寡言的父親連結起來，但父母鬼祟的作風，對強人政權的擁戴崇拜，讓我不得不對自己承認，我的父母可能是威權時代的加害者。我聽著老師渲染警總恐怖傳說，讀著報章雜誌揭露的內幕，不由自主臆測，父親曾在過去情報生涯中傷害過人嗎？毀壞過他人家庭嗎？那些人家裡是否有跟我一樣歲數的小女孩，經歷失父的傷痛？

我父親，他是那樣喜愛動植物。他朋友家有母狗一胎生了九隻幼犬，要他幫忙運到郊野棄養，他答應了又捨不得，索性把小狗載回我家附近放養，直到母親受不了，下最後通牒要他移走。這樣珍視生命的父親，手上可能沾染鮮血嗎？我從未問過父母，只是暗自將故事裡惡人的模糊面孔，換上父親頭像。當父母批評抗議群眾時，我開始大聲反唇相譏，厭憎他們的偽善。父親沒有辯解，只說我太天真，母親卻把我的反抗當作進入青春期的前兆，觸發了她的恐慌。

升上國小高年級，巨大的資訊量透過媒體，源源流入我的腦袋。我每天躺在阿祖的雕花眠床上讀報，貪婪吞嚥解嚴後冒出的無數新辭彙，小劇場意識形態解構主體性，即使不懂這些前所未見的文字組合，字面也溢出想像的奶與蜜，匯聚新名詞的台北，遂成為我嚮往的應許之地。

大量汲取新資訊加上荷爾蒙的分泌，讓我陷入時而頹靡時而亢奮的情緒亂流，母親卻無法理解女兒的敏感心思。她聽到風聲，她所屬的單位幾年後將從公務體系裁撤，可能會丟掉鐵飯碗。母親把對家庭經濟和國家局勢的焦躁轉移到女兒身上，眈眈監控我發育中的身體和衣著舉止，我稍微反抗，她便勃然大怒。

日後回想，母親與我的互動，複製了她所效忠的黨國與臣民間的病態羈絆。從小我身體孱弱，特別受母親疼寵，因而我揣摩著母親心意，佯裝乖順向她輸誠，但母親忘了我會長大，會發育出第二性徵和自主意識，茁生的乳房如同顛覆威權體制的反叛力量，令她躁狂，非得嚴懲抑制不可。

母親以規訓身體的技術管轄家庭，勉強控制住逐漸長大的孩子，卻無法攔阻父親不斷私自借貸，連同退休金一併投資在山上的果樹種植。父親愈來愈忙，愈來愈少回家，母親脾氣一天比一天暴躁，他們之間展開了劇烈的拉鋸戰。偶爾我向母親囁嚅著索要午餐錢或補習費，她暴怒起來，重重摔下一句：「錢你去找你爸要！」我只好踱到客廳父親的躺椅前，複述母親的話。報紙後傳來父親略微不耐煩的聲音：「去跟你媽拿。」站在原地半晌，我想還是回去找母親，雖然會挨罵，至少拿得到錢。

終於有一天，母親滿臉淚痕，問我假如離婚的話，要不要跟著她。我非常驚訝，我以為母親無論如何都不會離開父親，他是她好不容易等回來的精神支柱，儘管多年來一直是她支持家裡經濟，掌控孩子教育，她始終需要一個男人，認可她的種種犧牲有所價值。

紊亂思緒在腦海裡游移，我無法細想，只是出於孩子本能的恐懼小聲回答：「不要離婚好不好？」

那時父親在想什麼？他前半生為父母弟妹在勾心鬥角的軍旅打滾了二十年，如今他把妻子和三個孩子拋在腦後，迫不及待投奔自由。有一天我推開門，發現後院多數花木雜草被剷除淨盡，改鋪上水泥，一輛中型貨車停在水泥地上，旁邊歪著父親的野狼一二五。從前父親騎機車載一家人出去，總是五貼抱得緊緊，我們三個孩子搖晃著身軀咯咯傻笑。父親購入了人生第一輛車，卻不是為了載一家人出遊，而是負載農具農藥上山。

我想念院子裡楊桃樹透著甜香的綠蔭，想念美人蕉淡黃灑橘點的大片柔嫩花瓣。父親用水泥一夕間埋葬了滿地碧綠，讓我驚覺，他已不是小時候種出滿院薰風的父親。他盼望憑藉著栽植經濟作物，在山上開闢一個屬於他自己的世界。在這個世界裡，他不再受派系糾葛擺布，夾在長官同僚的話語臉色間發窘，妻兒也無法將他羈縻在家。

他逆反著當時炒股炒房的熱潮，毅然踏上難以預測的務農之路。

從我家到父親老家開車要四個小時，最後一段蜿蜒山路沒有鋪柏油，日後我坐父親的車上山，才知道多麼崎嶇險陡。通勤時間太長，父親和雇工一起蓋了間工寮，偶爾在山上過夜。他外表愈來愈像農民，上身一件汗衫，卜身防水褲套在泥汙的黑膠鞋裡，臉上皺痕被毒辣陽光鑿深，指甲起皮爆裂，乍見他渾身髒汙現身門口，我愣了一下才回過神。他話更少了，一進門就脫雨鞋，漫出瀰天忠臭，直到把腳泡進熱水盆，深鎖的眉頭才鬆懈下來。

辛苦歸辛苦，父親似乎不感到疲憊，精力充沛地種植果樹，看圖鑑採野葡萄金線蓮泡藥酒，養蜂釀蜜，捕捉野生松鼠賣給市區的寵物店。這時我已上國中了，母親替我在市區補習班報了名，父親有時正好下山，就來接我上下課。無數個傍晚，從小鎮到市區，沿途巨幅建案廣告被風吹得獵獵作響，工地鷹架新品種作物般拔升進晚霞，迴盪著施工敲擊聲。我搖開車窗，感覺一路風馳電掣闖進城市。八點下課回家，城裡燦爛燈串竄流過車窗，飆過車尾噴濺出流星，回頭滿天明滅。我把市區看成我北上的第一哩路，我只要用功讀書，遲早能邁向台北，我心中脈動著新世代頻率的聖地。

父親開車非常平穩，只有當前面車輛猝然停下，害他急拉手煞車時，嘴裡會迸出一聲壓抑的「幹！」發音有些變調，彷彿覺得有女兒在旁邊不應當罵髒話。車內散發著他慣用的髮油味，混著淡淡菸草臭，他總是獨自吸菸，不在兒女面前抽。

有一回我在學校看見肺癌病人黑燻燎泡的肺葉照片，忽然憂心起父親的健康，坐車時趁他下車買飲料，偷偷打開駕駛座置物格拿出一包菸，一根根浸到水壺裡泡溼。隔天父親才發現，抽出溼軟菸包問：「為什麼？」我同樣簡短地回答：「抽菸不好啦！」我頭一次看他露出齙牙，訕訕笑著，把菸包放回去，欣喜中摻著一絲尷尬，似乎意想不到女兒有關心他的時候。密閉空間裡情感太濃厚了，我也尷尬起來，板著臉坐在副駕駛座上，心想以後他抽菸也不管他了。

往後我才知覺到，那是我們父女最親近的一刻。

眼見父親執意上山，母親終究放棄了對抗，同時另有更緊迫的事攫住了她的注意力。鄉公所突然規劃要拆掉整條巷子宿舍，劃為建地，驚動了暮氣沉沉的巷弄。我們這些巷子裡的孩子，早已習慣大人隱瞞事情，像清晨冒湧的大霧，將整條巷子籠罩在稠白裡，從不多問，結伴穿過老人佝僂的背影向遠方跑去，越過鐵軌，自顧自竄高個頭長大。我們從來沒想過，我們探索過裡外角落的房子居然不歸我們所有，更無法想像長輩熱愛的國家，要弭平蓄積我們記憶的空間。

大概因為我父母比較年輕，玩伴的爺爺奶奶開始頻繁進出我家，商討對策。他們一向是黨馴順的兒女，從未料到臨老會被黨國遺棄，錯雜鄉音七嘴八舌討論了很久，決定聯合起來，尋找門路陳情。

我在報紙上讀過多次痛斥權貴老賊強占官邸的社論，我知道法律上該把宿舍還給政府，心卻像落葉掉在爛泥，黏住了不動。我從出生就住在這裡，不知道多少個失眠的夜晚，我坐在地板上，凝望著格子窗漸漸發白，透出日光。煩悶時我躺在眠床上，嗅著舊木材微腐的甜味，仰望淡青色天花板。後院以前是我和弟弟的遊樂場，我們撥開草尖，任露水濡溼頭髮，拿動物模型在父親蒐集的奇石上搬演諾亞方舟，踩著鐵門的裝飾線攀上最高處，縱身跳到門外。這幢狹長昏暗的宿舍，印滿我們的指紋和足跡。

成長中出逃的渴望，雜糅著過去的恬美回憶，讓我邁不開步伐。

其實父母沒有問過我們這些孩子的意見，便已決定槓上鄉公所。母親積極拉攏戰友，一群婆婆媽媽四處參觀各家房舍，指稱哪些空間設備是自家出錢翻修的，想在協商補償金時增添談判籌碼。父親沒那麼狂熱，但也興致勃勃，鄰居長輩的託付增強了他的信心。他在紅絲公文箋上擬陳情信，寫信時側面異常專注，我猜受軍事教育長大的他，即便要和政府抗爭，措詞依舊婉轉吧？正值青春期的我，想起幾年前父母對草根抗議群眾的貶抑，如今被迫站到類似的位置，有些幸災樂禍的快意。以往他們像威權時代的統治者，把意志強加在孩子身上，專斷安排我們的人生，現在調轉過來，他們終於感受到被箝制的痛苦了。我陰暗地想著，內心深處卻又對自己的卑劣念頭，分泌出些許羞慚。

那些年只要父親結束農事回家，就會問我有沒有信寄到家裡。有時我搖頭，有時遞給他一封信，從他讀信時皺起來的眉頭，我知道這次某立委和上一個議員一樣，用一紙敷衍打發這群前朝遺民。父親捏著信封，他已然習慣失望，不多說什麼，平靜地跟官僚體制周旋下去。我感覺嘴裡像咬破了舌尖，酸澀的憐憫混入唾液，卻沒開口安慰他。

日子一久，一戶戶人家陸續搬走，晚上巷弄人跡稀落，陰溝乾涸，流浪狗集結在廢棄菜園枯黃莖稈間長嚎。玩伴有時閒聊起來，透露家裡已找到了新房子，唯獨父親仍負嵎頑抗。

我不知道父親是因為沒有錢搬家，還是爆發出遲來青春期的蠻勁，才不願放棄陳情。記憶中有一回颱風夜，木造宿舍被呼呼強風搖撼著，黑暗裡獰惡溼綠的枝葉纏繞著藤蔓，鞭掃過玻璃窗，青藍閃電彷彿要剖開牆壁。父親竟然悶不吭聲套上雨衣雨鞋，發狂般想冒著暴風雨上山，搶收農作物，被母親強力制止。他閉著嘴脫下雨鞋，像個不服氣的小男孩。我宛如被閃電劈中，寒毛直豎。那一刻父親不像一個有家室的中年男子，而是與他平日穩重個性相去甚遠的恣意少年。

等我長大，有了和男人戀愛的經驗，我總會想起父親瞞著母親向外公借錢，和颱風天執意上山的那一幕。少年老成的父親或許跟所有男子一樣，體內蟄伏著任性妄為的青春靈魂，潛意識嚮往著脫離社會人為框架，投身自然，披荊斬棘，用體力和汗水開闢出一方能行使主權的領土。

身為女兒，我顯然不是父親心目中山頂王國的理想繼承人。父親理想中的長女，要和他與母親一樣刻苦操持家務，管束弟妹，全然奉獻給家庭。父親覺得我讀書讀到不知世事，又看出我渴望脫離父母掌控，一心嚮往城市生活，這樣的女兒如植栽徒長的歧枝，多餘且無用。父親寄望於男丁，期盼兩個弟弟能繼承他的事業，協助他完成夢想，每逢寒暑假總是催促他們上山務農。

我的兩個弟弟都對農事沒興趣。小弟生性機靈，總能巧妙推掉父親帶他上山的要求。大弟被父親嫌棄缺乏男子氣概，便以沉默消極抵抗。只要父親在家，坐在客廳躺椅上看電視，屋裡燈光就像塌陷下去，黯了一塊。電視沙沙響著，我們壓抑著一肚子鬱悶，各自回房做自己的事，沒有人要跟他講話。

父親是寂寞的，但沒人能走近他的寂寞。

考上市區高中後，我終於逃離了家，高二開始我在學校附近租屋居住，週末搭公車回去。間歇待在家裡的時間太零碎，過了很久我才發現母親失去了郵局的工作，監看信件的職員被整組裁撤，父親要求失業的母親上山幫忙農務，有時他倆就在工寮過夜，單獨相處的時間多了，以往劍拔弩張的氣氛也和緩許多。

我為父母關係改善鬆了一口氣，卻料想不到母親的失業，牽動家裡權力位階排列重組，改變了母親對我的態度。以往母親總不吝惜我的教育費，但自從我搬到市區後，儘管每個月只花兩千元左右，母親從錢包掏出生活費時，眉頭永遠隆起肉丘，不住叨唸，我只好更節衣縮食。我沒有意識到，母親已經沒有自己的收入了，山上的農事成為唯一的經濟來源，父親支配了用錢的權力。隨著父親和孩子們逐漸疏遠，父親大部分時間都待在山裡，一鍬一鍬打造他心目中的王國雛形，他不願意把錢花在孩子身上。

父母對錢的煩難折磨著我。週五晚上搭車回家，巷口遠遠望去，石牆上的蒜香藤不知什麼時候消失了，盤踞門旁石柱頂端的肉質長莖垂纍如綠蛇，蛇叢裡綻放出臉大的白花，是父親後來種的火龍果。月光下我踩著影子，身形愈拉愈瘦長，像個急遽成長的幽靈。我高三了，只要考上台北的大學，就能離開凋敝深巷。我說服自己別依戀家，也別再同情死守家園的父母。他們已經被遺棄在歷史的角落，而我獨自往前走，每一步都充滿希望。

考上大學的暑假，我父母放棄陳情，接受了搬遷的事實。從他們談話內容片段，我得知當時黨的主流勢力絲毫不理睬這群蟻民，倒是往後出走另創橙汁黨的派系高層，回了一封信撫慰眾人，略略平復父母被黨背棄的創痛，輕易拉攏了他們的心。母親氣憤地說，她對黨很失望，揚言再也不繳黨費了，話鋒一轉責備父親：「你看你爸還在繳！」父親微掀嘴角，連同法令紋勾出無奈的笑，滿臉「畢竟是黨呀」的溫柔。我感覺心臟顫了一下，慢慢沉落底。對妻兒如此慳吝的父親，竟然如十一奉獻般，按時貢納一個坐擁鉅額財富的政黨。他對黨的情感已經超越一個被栽培長大的黨員的感激，更像是一種宗教，寄予矢志不渝的虔誠戀慕。我們這些肉身凡夫不過與他親緣相繫，怎麼可能在父親心裡抵得上神祇的分量呢？我不知道父親是否看出我在苦笑，假如他能辨識，那必然是一個神似他的，無奈的笑容。

我們暫時搬到小鎮靠近加工區一處平房租住。我的東西被打包運過去，有些書被父親拿到山上看，印象最深的一本是李永平的《海東青》。多年前讀國中時，我曾耽溺於李永平繁麗潮黏的文字，彼時還不懂書中僑生輾轉流浪台北的象徵意涵，沒想到父親會在馬華作家的文化中國邊陲情懷找到共鳴。父親過世後我和母親上山，才在工寮找到這本受潮的磚頭書。

暑假結束，我搭火車北上，忐忑走進歷史悠久的校園，與著裙妖男和平頭勾晃著一只金耳環的酷女錯肩而過，頓時眼界大開。上課以外的時間，我學著追逐文化潮流，趕赴各大影展，買昂貴CD，聽Radiohead和Suede的頹廢吟唱，在羅蘭．巴特讀書會費力吞吐法文單字，儘管支氣管不好，還是仿效學長姐，指間夾起一根Salem涼菸。

慢慢我意識到，家裡給的生活費加上家教收入，根本負擔不起台北的布爾喬亞生活。我的腳步逐漸疲於城市躍進的速度而瘦沉，怯於跟家境優渥的同學往來。學校裡另一撮熱心本土歷史文化的社團成員較為平易近人，但每當他們詢問起我父母職業，我總是張口結舌，說不出話，深恐被歸為威權體制鷹犬後裔。

我曾以為來到台北，就可以擺脫閉塞的鄉間，受更多思想刺激，自由吸收知識，結識活躍在體制外的同輩人。然而認同的困惑、城鄉差距、文化資本的匱缺如影隨形裹覆我身，黨國所捏塑出我父母的監控慣性，內嵌在腦裡，窺視我的一舉一動，箝制我的表情姿態，我活在自我規訓的流動囚獄，無所遁逃。憂鬱的瀝青無聲無息在我體內滴淌，膠黏成無盡的黑。

我在父母面前從不提這些事。之前外公曾給母親一塊地，我父母貸款蓋了房子，於是在我大二時，一家人又搬到母親的故鄉，一處比小鎮更偏遠的山鄉。寒假我從台北搭火車，頭一次回所謂的新家，父親難得駕著貨卡到火車站接我，太久沒坐他的車子，我有一種回到國中時期的錯覺。窗外青翠起伏的山巒飛逝，檳榔花甜香鑽進鼻腔，城市急亂節奏戛然而止，我回到了我所熟悉的寧謐鄉野。父親突然伸手指向窗外，說這是當年台共的某某支部所在地。

我愕然抬頭，望著父親指尖彼端的青綠。父親打從五臟六腑深信黨國對二二八的詮釋，認同為了殲滅共產黨餘孽，肅清是統治者顧全大局必要之惡。他告訴我，他讀了台灣史史料，研究過謝雪紅，某某支部經他考察確實就在這裡。他似乎在暗示，時代變了，他不會像過去黨的傳聲筒惡聲惡氣恫嚇人民，他要對上了大學的女兒提出理性論證。

我沒有說話，不像國中時可以為了父親一兩句對政治新聞的評論，就拉高分貝和他舌戰。我用漠然掩蓋內心的荒謬感，放棄了爭辯。

新家是三層樓的透天厝，客廳擺著一人半長的原木長桌，磨平的桌面底下保留枝幹盤根錯節的原型，只上了一層透明漆，是父親將森林倒木運下山，髹漆刨修而成。迎面牆上掛著父親朋友合送的橫幅字畫，我靠近細看，落款有句「恭賀某某山莊落成」的賀辭，某某是父親的名字，彷彿這間父親一手設計裝潢的房子是他山上王國的別莊。我深切感受到，父親已不再是我小時候喝得爛醉回家，被母親一怒摔碎酒甕的軟儒男人了。母親放低了姿態屈從他，孩子再不情願，也受制於經濟，充當他的臣民，父親在他建構的小世界裡儼然是一家之主了。

對我父一輩，長於經濟起飛年代的男性而言，這大約是不難達成的願望，父親卻花了大半輩子尋覓尊嚴與權柄。現在他透過管控金錢，倒轉了新家的時間，安適地待在舊空氣裡。千禧將至，在外頭的世界，《慾望城市》示範以幽默潤澤性感是新世紀女性必備技能，數位泡沫化即將改寫台灣電子業榮景，政黨輪替的氣息節節進逼，新家依舊只有老三台。每次放假回家，我彷彿隨著車窗外風景退回二十年前的純真年代。不同的是，童騃的瞳孔看這世界，所有事物都是洗過朝露般新鮮，二十歲的我看著父親刻意隔離出的世外桃源，卻盡是蒙塵的枯索。

我想像同儕一樣出國讀書，見識不一樣的世界，卻很難開口向家裡求援。習慣避開關於錢的話題太久，如今要向母親提出要求，簡直如鯁在喉，彷彿觸碰了什麼禁忌。母親支支吾吾，豐潤臉盤上掛著心虛的笑，讓我想起近乎遠古時期的回憶，那時她告訴我父親愛我，會在我發燒時照顧我。母親一雙笑眼彎著，眼神卻迴避著我，像是我在對她施壓。我也隱約感覺到經濟權不在母親手上，試探了幾次便不再追問，獨自焦慮未來出路。

回想起青春期，我那樣厭憎母親的迂迴話術，如今也這般對待母親，我暗暗鄙夷自己。當時我沒想到，母親其實不願直接告訴我，父親把家中現金都投注到山上農事，不願出錢資助我的學業，但母親又不願毀棄她過去對我的許諾，反覆吞吐說詞。我心裡也不是完全沒有底，或許只是不甘承認，在父親心中，我的分量遠遠不及土地和農作物。

母親哄騙著我，我哄騙著自己，而父親默默靠在從舊家搬來的躺椅上，什麼也不說。

上世紀末總統選舉前一年，關心過宿舍拆遷的某政治人物，爭取黨的總統候選人提名時遭受阻礙，脫黨參選，接著陷入了醜聞，幾年前摟著他腰背擺出垂愛臉孔的父輩人物，這回反過來拋棄了他，輿論烈火烹油延燒了一個冬季。寒假我回家，父親雖然不說什麼，從不放過電視報紙任何相關消息。某天監察院公布了調查報告，結果對候選人十分不利，家裡氣氛也盪到谷底。冬夜，父親和隔鄰的姨丈不知從哪裡尋來了一桿候選人旗幟，神情肅穆，固定在我們家門口，父親扠著腰，看旗幟在寒風中飄揚，眼裡閃著光。

父親的神情，近乎軍中作家選集裡浴血犧牲的壯烈。我想到那候選人不過指示下屬寫封措詞懇切內容空洞的回函，便贏得父親披肝瀝膽相待，胸口就滿漲著說不出的憤懣，為了父親如此真誠，如此卑微仰望一個政客。他的忠貞如活化石般孑遺長存。

大學畢業前夕，我接到母親一通電話，問我畢業後的打算，語氣裡卻掩不住張皇。我察覺不對，追問母親，她才說醫生檢驗出父親罹患了淋巴癌。我假裝鎮定追問，是第幾期？母親頓了一下，幽幽地說，有點嚴重。

我茫然走進圖書館，踱過一排排散發霉味的書架，翻找出厚重的醫學教科書，仔細閱讀淋巴癌的成因、徵狀、治療方式、存活率，眼瞼湧起一陣酸熱，忍不住闔上書衝進樓梯間，階梯上甜蜜依偎的情侶倏地分開，驚訝地抬起頭，我沒想到我會流淚。

回家看望父親時，父親剛做完第一階段化療，依舊靠在躺椅上，汗衫下的身軀消瘦得厲害，兩條腿擱在桌沿，膝蓋骨突出，整顆頭脫光了頭髮，臉繃著一層蠟黃的皮，眼珠瞪大，像荷索（Werner Herzog）電影裡的吸血鬼。母親告訴他：「某某回來了！」父親翻動著眼白，深深望了我一眼，灰白唇皮蠕動了一下，表示聽到了。我恐慌起來，這不是開車載我補習的父親，也不是新居落成時意氣風發的父親，一個我不認識的陌生人，歇靠在父親慣坐的躺椅上。

不久，我返回台北，此後有將近八個月的時間，在不斷投遞履歷、打零工和無數失眠的夜晚間掙扎，當時我已深陷憂鬱症泥淖兩年之久，精神委靡，找工作異常艱難。有一天洗臉，我望著鏡子，蒼白隆突的額頭，眼睛坑窪，底下青暈滲開來，我長得像父親，鏡裡驟見，彷彿與他狹路相逢，精神折磨對映著肉體的煎熬，無限交疊重複下去，看不見希望。

隔年春天，我終於找到一份正職工作，在雜誌社當編輯。我努力學習寫稿、採訪，為財務拮据的老闆省錢，厚顏請求照片拍攝者砍價，最初能自食其力的喜悅被疲憊淹沒，每晚累到一躺到床上，痠痛得無法動彈。週末我窩在溽熱房間寫稿，休息時登入學校ＢＢＳ，看見成績不如我的人申請到國外一流大學研究所，我卻滿臉油汗反覆改稿，心臟尖銳抽痛著。我已累到虛脫，卻只換到微薄薪水，而房租又占去收入大半，存錢出國進修的夢想遙不可及。我咬著牙，吸溜著牙縫憂鬱發酵而成的憎恨，我恨父親，恨他的田地，他的執拗，他的慳吝，他與我完全如出一轍的敏感與羞赧。

而不在家的這段時日，我從母親電話裡得知，父親熬過幾次化療，稍微恢復精力，便繼續開車上山，照顧他新種的咖啡樹。一兩年前父親決定改種咖啡時，往家裡庭院搬了一株已結果的盆栽，母親摘了一顆果實給我，放在掌心豔紅如櫻桃。母親說，咖啡樹從生根發芽到抽葉產果，要四五年時間。那時我不曾懷疑，正值壯年的父親可以一路看著咖啡樹綠葉轉為黃銅，在陽光下閃亮起伏如浪。不知道父親選擇帶病工作時，可曾想過，或許他喝不到果實烘焙研磨後那一杯咖啡。當我再見到父親，我們已經無法討論這個話題。

接到通知父親病重的電話時，我正在原住民部落出差，託人載我下山去火車站，我再搭火車去榮民醫院。父親躺在病床上，插著鼻胃管，眼睛睜開一條縫。母親告訴他我來了，混濁瞳孔溜過眼縫瞥了我一眼，嘴唇顫抖著發出我的名字。母親說，癌細胞已經侵蝕到父親腦部，我明白過來，母親害怕父親病重會認不出我。

病中父親時睡時醒。我依著醫生的話，不時拿棉花棒蘸水，塗敷父親枯裂破皮的唇辦，連我都驚訝自己姿勢如此熟練，像是已照顧病人好一段時間。母親和小弟有些意外，但他們都有默契讓我分擔這工作，彷佛如此能彌補我心裡的罪疚。突然父親肚腹一陣亂響，小弟立刻開置物櫃拿尿布紙巾，和母親合力換尿布，看他們動作嫻熟，父親大概已瀉肚多次。父親蜷縮起身子，顛著骨頭翻來覆去，發出微弱呻吟，彷佛要抵禦外界加諸身上不可知的命運。我強迫自己看著，骨髓深處也痛了起來。

晚上大弟也到了病房，母親囑託他去山上工寮搜索父親藏匿的存摺，弟弟摸了半天在屋梁上找到。母親悻悻然說：「伊實在真會曉藏，連我攏不知。」我記不清那一晚大家怎麼睡，母親似乎歇在行軍床上，弟弟們坐在床鋪一側，我坐在另一側。微弱燈光下，每個人臉上暗影幢幢，三姊弟圍聚在一起，逐漸生出守靈的陰森氛圍，死亡如鼠屍腐臭潛入陰影，每吸進一口氣，鼻腔就黏附著不祥的微粒。我無法再逃避對死亡的恐懼，死亡充盈著病房，死亡存在於氧。

隔天父親精神恢復一些，喝了些粥，沒有瀉出來。母親和弟弟下樓去買便當時，我獨自待在病房。父親清醒時特別痛，呻吟變了調，一陣一陣拔高。我拍著他手臂，慌亂地說：「沒事，沒事，快好了，快好了哦。」父親大概已對謊言感到不耐，突然雙眼怒睜，比畫著手，用國語口齒不清地說：「爸爸的一生就是個零！啊？知道嗎？爸爸的一生是個零！」我既震恐又心酸。平時父親大多用台語跟母親對話，對我一向說國語，我沒想到父親竟然在渾噩之際認出了我。我撫著他肩膀，一遍一遍，直到他平靜下來。

父親太焦急，急到忘了這個女兒一向任性自私，只記得我是他的長女，不斷叮囑我要照顧弟弟，向我索討紙筆，顫抖著在紙上畫著歪歪斜斜的字，激動地說：「這個人很好，爸爸很相信他！你們有什麼事就去問他！」我一一答應著，內心卻非常渴望父親暫時忘卻我身為長女的責任，表露一點對我的情感。

等母親回到病房，我把字條拿給她看，她解籤般思索了一會，露出苦笑。原來父親寫的那個名字是山上承包澆灌工作的工人，之前拿了錢就消失無蹤。父親念念不忘，錯植記憶成了託孤的對象。我望著又昏睡過去的父親，那股對土地的執念經癌細胞變異，結果如此荒誕，幾乎像是對他人生的巨大反諷。

也許因為交代了許多事，輕鬆了些，父親由母親餵了小半碗粥後，稍微恢復精神，抬起上身靠著床頭。弟弟買了晚報回來，發現黨的候選人在花蓮補選獲勝的新聞，告訴父親。父親討來晚報瞇著眼細看，露出血紅潰爛的牙齦，嘻嘻笑著，我們也笑，一家子近乎是和樂融融了。我被父親對黨之死靡他的愛戀震懾了，努力控制自己才沒問出口：那我們呢？你愛過我們，信任過我們嗎？體內流著你的血的我，為什麼要被你遺棄世間，連一句最後的慰藉都吝於施予？旁觀父親回應黨的召喚，表現出的狂喜神態，我明白女兒在這一刻，徹底敗給了黨。

爾後父親又顫抖著寫了一張紙條，上面有他、母親和兩個弟弟的名字，獨獨遺漏了我。我遞給母親看，母親長嘆一聲，說，父親想把土地留給兒子。

我不作聲。我不想要山上吸納父親半生心血的土地，我只在意那張紙大小正好寫滿四個人名字，而我不存在。

看父親情況還算穩定，我又趕回台北工作，兩個禮拜後再接到電話，我回到醫院，父親病況明顯轉危，多數時間都處在昏睡狀態，睡眠中仍蹙著眉，發出微弱哼唧，如果聲量變大，便是又瀉了肚子，到後來只要吞嚥任何東西，即使是流質食物，殘渣馬上就瀉在紙尿褲裡。母親和弟弟為了方便更換尿布，不再替父親穿上外褲，只讓他套著尿布。我看父親光裸著兩條枯瘦的腿，難受地踢著薄被，困在虛弱軀殼裡，宛如回到幼嬰時期，只剩下哭泣震動著空氣。我想別過頭，身體卻像是被定住了，違逆著意志，要我目睹人生被掀揭開來的殘酷。進入與離開這世界，原來都是磨難。

最後父親已拉不出成形的糞便，嚥下一口水，水聲一直線穿過肚腸，爆出一泡汙臭。醫生勸我們趁早做決定，母親點了頭。

醫院大概有平時配合的葬儀社，很快開了廂型車來，載父親回家。我們圍在父親身邊，葬儀社人員叮嚀我們向父親喊話，要他撐住一口氣。

到家時已近黃昏，舅舅和弟弟把父親從擔架抬到他最喜愛的原木長桌上，為他的嶙峋身軀換上舊衣褲。父親喘息得很厲害，裹著一層皮的脖子暴凸起筋，胸膛劇烈起伏。他擰著眉，一條眼縫漫著水光，彷彿不甘來世間一遭，就這麼被迫離場。舅舅在一旁喊著要他安心。我想握一下父親的手，但有股力量制止我，不去打擾他與自己最後的搏鬥，那是他身為人的底線。

呼吸愈來愈短促，我有種錯覺，覺得父親會再張大眼坐起身，但就在那一瞬間，鼻腔的呼息靜了下來，肌肉鬆弛，眼角溢出一行淚，肚腹滾動著脫糞，父親就這麼死了。斷氣後他仍半睜著眼，一線清澄映著屋外赤紅雲霞，葬儀社人員探向前用手闔上他的眼。我很想說，讓他多看天空一眼。

這是我與父親的相識與離別。他過世之後，我一直想著那句「爸爸的一生是個零！」那是他鮮見流露對這世界的憤怒時刻。他生為一個山上貧窮的農家子弟，遭受親戚的冷眼，從軍改善生計，撐起整個家。他對黨國如孩兒孺慕父親般赤誠，為什麼他不繼續留在警總？頭七守靈時，母親告訴我，父親在警總主要的工作是挖掘敵營候選人的負面消息，那時多半是黨外人士。母親說，父親人太好，他不想陷害人，也不喜歡這個工作，又捲入長官派系鬥爭，便決定提早退伍。我很訝異在父親道德觀的宇宙裡，素樸的良心凌駕黨所灌輸的意識形態之上。然而，經歷多年思想規訓，黨國情結仍如土星環般圍困著他。他勤讀以威權統治者角度改寫的台灣史，從中挑揀有利獨裁政權的觀點說服自己，漠視黨犯下的惡行，以維繫他的國族認同一致性。

作為父親的女兒，面對歷史巨大的斷裂，我已經無法像父親那樣信仰黨國破綻百出的論述，無視其他歷史跡證，維持精神和諧。我在台灣國族認同矛盾中長大，追逐著解嚴後資本主義急速運轉的齒輪，妄想攀越城鄉間文化資本壁壘，最後和父親殊途同歸，被打回原形。父親過世後，我工作了一年半就辭職，在女友陪伴下治療憂鬱症，孵育著寫作夢，多年來自外於體制，在專業分化精密的社會結構裡，找不到自己的位置。父親的話烙印在我腦裡，像句揮之不去的詛咒，我常恐懼我會步上他的後塵，多年後才認知到，我的一生是個零。

但我時常想念童年時日式宿舍的家，楊桃樹綻出細小深紅花朵，蒜香藤深深淺淺的紫，山茶花跌落青苔的血豔，那些在記憶裡生根，永不凋萎的繁花。我和父親一樣，喜歡撫摸貓頭鷹雛鳥柔軟的羽毛，深深著迷玻璃缸裡鬥魚掃尾的異彩。每當父親開車載我補習下課回家，滿天橙紅雲朵從市區綿延至我們家，他會指著窗外公墓旁一閃即逝的泥塘，叫我看盛放的荷花。父親與我，我們是天生的泛靈信仰者，直覺愛著草木花鳥勝過人造的理性世界。對自然的神祕感知，是父親留給我的錯綜遺緒裡，最好的稟賦，往後當我遭逢精神上的艱難時刻，使我擁有力量，與內在的喧囂拮抗。

奇妙的是，父親過世後，家裡卸下經濟的沉重負累，氣氛驀地輕鬆起來，我們都從他虛妄的夢想中解脫了。母親將山上的咖啡田租給三叔耕種，不必替父親剋扣著錢，長期被父親貶抑的大弟工作後有了收入，也有了自信，弟弟們甚至可以陪母親出國旅行，這在父親在世時是不可能的。

多年後父親種下的咖啡種子，生根茁壯，長出串串豔紅果實，三叔採收了咖啡果，便送給烘焙業者收購，業者往往回贈幾包咖啡豆。叔叔不喝咖啡，便透過母親轉交給我。重烘焙的阿拉比卡咖啡豆，喝起來口感溫潤甘醇，完全無法想像豆子的誕生，始於一個農家子弟翻身不成的悲劇。

至於父親遺留在工寮的十幾甕藥酒蜂蜜，母親和弟弟幾年前辛苦分裝運下山。去年母親寄給我一罐父親生前釀的龍眼蜜，玻璃瓶裡的濃褐液體，比記憶中的色澤深沉許多。我舀了一匙蜂蜜兌水喝，汗水勞動沉澱十多年後，仍是最初的微甜，宛如飲下父親稀薄的愛。

這一兩年，我逐漸敢告訴朋友父親的情治身分。有人驚呼：「酷！」也有人皺眉：「警備總部真的有點dirty。」作為情治人員子女，我願意歷史的雲翳消散，顯現一代代沉積的罪愆，讓心臟長久蓄積的膿腫釋放羞恥。

而我無法否認我是父親的女兒，無論他是好人惡人。父親的靈魂大約已封存在玻璃瓶中，以恆久的甜滋養女兒血肉，而我的人生尚未成形，依然滲著歷史的鹹澀，涓滴凝聚成細流，竭力延續著，觸碰未知。

黑眼珠的日子

我長期服用的安眠藥有一種奇異的副作用：讓人做噩夢。

夢魘裡我總是回到失業那幾個月，凝視著一潭稠密瀝青，深不見底的黑暗反映出我一雙眼睛，雙眼漸漸蒙上一潭黑，外界影像都進不來，只餘我和我的痛苦。

大學最後一年，我不知道憂鬱症的陰雲已籠罩頭頂，隨著畢業倒數的日子遞減，周遭同學各尋出路，忙著準備考研究所或申請出國留學，我卻愈來愈疲憊頹喪，上課或家教一回來，倒頭就躺在租處的和室地板，渾身痠痛，任衣物講義散了一地狼藉。偶爾我也睜眼望著窗外天光，安慰自己畢業後或許能很快找到工作，一旦有了收入，存幾年積蓄，屆時也能繼續學業。

天啟以無法預測的形式，降臨在命運岔口。我正在準備期末考時，忽然接到母親電話，告訴我父親罹患了淋巴癌。

母親勸我回南部家鄉準備國考，順便可以照顧父親。我表明我想在台北工作，請家裡不必再給我生活費，減輕經濟負擔。我沒說出口的是，我怕回家後，竭力維持的平靜會猝然崩潰，我不願父母看到我失控的模樣。

開始上網搜尋工作後，我才發現人力市場競爭比想像激烈許多，薪資稍微理想的工作通常需要數年相關經驗或碩士學歷，即使是一般助理也常要求自備機車，這都是我負荷不起的，而應徵條件常見的「喜歡與人互動，個性積極開朗」用語，讓我望之卻步。無數模糊臉孔以X光般的冷酷眼光，透過一項項條件篩選大量畢業生，剔除血肉，消抹性情差異，只顯影性別、學歷、工作經驗、證照等社會認可的標準，從中挑選合宜的粗胚，打造成高性能勞動機械。

我仍然獲得了兩三個面試機會。面試當天，我忐忑踏進冷氣森森的大樓辦公室，在一堆裝扮修潔應對從容的年輕男女中，咧嘴笑得兩塊顴骨發瘦，從大賣場買來的襯衫滲出斑駁汗跡，褲腿印著兩塊手掌溼漬，完全忘了剛剛對面試者說了什麼。結束後我跟著一堆人擠進電梯，在香水混融的複雜氣味中，我獨獨嗅到襯衫腋下溢出一股酸臭，像一枚懸吊在烈陽下的果實，隨時就要腐爛落地。

尋常人的時間是流動的河川，失業者的時間卻是攥在他人拳頭，擰出的點滴。等待通知的每一天，我整夜睡不著，不斷比較自己和他人的履歷，期盼與失落在腦內翻攪成泥濘。一位朋友聽我講話邏輯混亂，翻開心理學教科書唸出種種徵狀：悶悶不樂、面露愁容、易怒、反應遲鈍、記憶力變差、猶豫不決、失眠、疲倦及四肢無力、躁動不安、手足無措、自責、罪惡感、無助。她說，你好像得了憂鬱症。

當時憂鬱症已成為都會文青敏銳才情的同義詞。聽到朋友對我諸多徵狀的推斷，我隱約知道她是對的，但我忍不住在心裡狂笑起來。憂鬱症之所以被浪漫化，在於文青擁有資產家庭背景支撐表面的體面，維持疾病的玫瑰色光澤，不至於潦倒街頭。而我在父親罹癌，獨自面對嚴苛競爭之際，才意識到自己患了憂鬱症，只能歸於上帝的黑色幽默。

我抽空去了一趟大醫院精神科，醫生開了抗憂鬱和抗焦慮藥物，叮嚀我要回診，但即使有健保，兩週一次的醫療費用對我而言還是太貴，我沒有繼續就醫。

後來我到一間新成立的雜誌社面試，主管特別親切，連薪水都談好了，我預料錄取機會相當大，於是我南下回家，告訴父母我找到了工作。母親對薪資不甚滿意，不敢置信投資女兒念到國立大學的報酬如此低微。我特意誇大工作的美好前景，強調累積資歷後可以跳槽到更好的公司，滔滔不絕時卻感覺到父親眼珠直盯著我，彷彿透視了我的心虛。

我背過身，鬆懈臉部笑肌，在父母面前掩飾憂慮，佯裝豁達進取，比在面試主管前更令我痛苦。晚上我躺在床褥裡，望著天花板風扇旋轉成混沌的圓，心想快讓我工作吧！我相信工作後一切都會好轉，我無須服藥。

回到台北，過了一個禮拜，兩個禮拜，期盼中通知錄取的電話沒打來，到第三個禮拜最後一天，我不得不對自己承認，我沒得到這份工作。眼看租處租約到期，我搬到一間沒有家具的老舊套房，押金加上頭一個月房租就接近兩萬元，幾乎花光我的積蓄。我不得不放棄謀求正職，先在翻譯社找了一份兼職工作，賺取當下的生活費。

其後有一陣子，去翻譯社工作到下公車回家那幾小時，是我日常唯一放鬆的時刻，我所翻譯的文件是資料庫軟體產品宣傳稿，這類機械性的工作對精神負擔不大，讓我可以暫時忘卻煩惱。然而，回到租處打開電子郵件，發現求職信再次被退還，我又被打回原形，困在湫隘四壁間兜轉。夜裡我躺在鋪在地板的竹蓆上，任竹蓆篾條咬嚙著背部汗黏皮膚，聽門外一扇扇門開開闔闔，有人拖著沉重步伐歸來，有人匆忙出發，徹夜走廊人聲響動。我閉著眼睛，剛平靜片刻，隔牆門板刮過地面，一天又開始，早班時間到了。

漸漸我害怕天亮，害怕一到上班時間，樓梯迴盪著急急往下衝的緊迫腳步。這幢樓擠滿了各式各樣勞動力，這些人趕赴著回應社會的召喚，他們被他人所需要，失業者不被需要。獨居的失業者死亡腐爛，也不會引起外界一絲關注。憂鬱將人生往下拖曳，而伴隨失業而來的經濟匱缺與被集體摒棄的孤獨，成了重力加速度，拽著失業者墜入深淵。

我時時感覺到沉淪的欲望吹拂眼皮，誘使我繼續酣睡，陷入永恆長眠。但每日早晨我仍睜開雙眼，撐起全身重量站起身，靠著一股倔勁對抗流淌血管的倦怠，深恐一鬆懈，自戕的念頭趁虛竄入腦內。我使勁拍打著臉頰，對自己喊話：別讓憂鬱的幽靈占據我的身軀，別讓它把我變成另一個人，我還想活著，我還想目睹未來的光影聲色。

浸染了黑暗的虹膜，卻只往內凝視靜滯的靈魂核心。除去翻譯社工作的時間，我總是坐在電腦前，永遠開著人力銀行網頁，一遍遍滑動滑鼠。陽光照在鍵盤上，像尾遍體疙瘩的金色爬蟲，緩緩移動，攀爬至鍵盤對角，沒入陰影，白天也就結束了。傍晚我再次打開電子信箱，倘若發現回信，便默禱一會再開啟，掃一眼頭一行，便知道又是一封拒絕信。錄取與否已經在我無所知覺的時刻決定了，掌握聘雇權力的人與我之間隔著億萬光年距離，遙不可及。我倒在竹蓆上，痛楚蔓延全身，在嘈雜的夜裡靜靜啃噬肌理。

在不斷投遞履歷與面試的過程，我被迫面對現實社會的粗礪質地，其中有太多的殘

酷，夾填著些許仁慈緩衝。有一次應徵某個學術單位公共祕書職位，六位教授高踞辦公桌前，問我該如何調解眾人衝突，我囁嚅回答好好溝通，某教授哼哧一聲，輕蔑的鼻音濺了我半邊臉。

我也曾在一次應徵某個理工科系助理失敗後，大膽回信給教授，說我父親重病，而我的經濟壓力大到每餐只吃一顆便利商店飯糰果腹，否則付不出每月房租，我非常需要一份工作，可否請他告訴我不錄用的原因。寫出這樣乞憐的語句，我瞪著螢幕，許久許久，還是厚顏寄出。教授回信了，懇切解釋助理需要溝通能力，他覺得我似乎不擅長面對人，祝福我盡快找到工作。微小善意反襯出周邊廣袤的漠然，我流淚了。

他們一定有家可回，他們身邊一定有人跟他們說話，他們一定不餓，他們一定睡得很好。我在竹蓆上輾轉反側，兩頰火辣辣燒起來，心臟飽脹著嫉恨，狠狠撞擊胸膛。我彷彿隔著不透光玻璃，對外界人群伸出手求援，但他們各有各的歸宿，他們笑語匆匆經過我面前，無視於我的吶喊，在資本主義社會裡，沒有勞動力的人等於不存在，少了我城市依舊熙攘，太陽照樣升起。

或許因為被拒絕太多次，我逐漸麻痺，懶得梳洗，垢膩長髮裹著頸背，凝固成熱烘烘一塊毛氈，像童年抽屜混合著膏藥碘酒的氣味，儘管不舒服，我卻貪戀那熟悉的汙穢，像家給我的感覺。飢餓久了，胃囊也被馴服了，不再翻絞著酸液，渴求被填滿。有天出門前洗臉，一抬頭我看見鏡子裡的臉孔兩頰凹陷，烏青眼圈暈到顴骨上，像兩塊瘀血。這不是我，但我原本是什麼樣子，我也記不清了。

縮在套房裡我渾渾噩噩度日，一旦掙扎起身出門，卻常渾身躁動，神經末梢蠕蠕蠢動，亢奮晃過一條又一條街，停不下來，最後總走到大學時常去的公園。

這公園位於台北市精華地段，我垮在長椅上，頭歪在當胸合抱的臂彎裡，看年輕父母推著嬰兒車散步，老夫婦做甩手操。他們是城市裡富裕快樂的中產階級，在穩妥的小世界裡吃飯、睡覺、交媾，偶爾也為性生活不協調或股價下跌煩惱，但優渥生活滋養的潤澤臉龐，透露出被安逸環境圍繞的滿足。他們擁有許多，將來會有更多，而我一無所有，剩下不多的骨骼與肉。想起大學時和朋友來公園晃蕩，笑聲輕盈越過低矮樹梢，我們一邊辯論塔可夫斯基和安東尼奧尼誰比較偉大，一邊跑向蔡明亮《愛情萬歲》片尾的露天音樂台，並肩坐在楊貴媚痛哭的長椅上，幻想有朝一日，我們也能拍出腦海裡的天馬行空。而今那些明亮的日子恍若隔世，而我曾經鮮煥的肉體與豐沛靈感，萎縮成停止發育的胚胎。

天色漸暗，路燈亮起一圈黃暈，我望向矗立在公園對街的辦公大樓，晶瑩透亮像個玻璃珠寶盒，小黑人影穿梭其間。我多麼羨慕他們可以在社會專業分工的蜂巢格裡找到自己的歸屬，存錢，升職，成家，逐漸成為在公園周邊買房的成功人士，而我能走進的只有那間溽熱套房。我以為違抗父母，挾著一身滾燙青春上台北闖蕩，是為了實現夢想，但失業數月後我只求歇下忙碌奔走的雙腿，有一席之地棲息，有一份付完房租後，還有餘裕供我飽暖的平凡工作。

以前我會怎麼看待這樣想的人呢？我走向車燈流竄的街道。入秋起了風，全身涼颼颼的，臂膀浮起雞皮疙瘩。我想起來了。以前我會眺望著遠方，心想我受夠了大學前閉塞乏味的小鎮生活，我不願像父母只想著養家餬口，滿足於衣食無憂的平庸。我要談許多戀愛，到陌生國度旅行，如繁花綻放豐盛活過一世。

沒穿外套，我上了公車還是冷，只有手心的銅板攥出了汗，金屬的尖銳氣味混雜著眾人汗臭，再加上我的，是資本主義最鮮明的象徵，眾多交易的中介物。想到我是用自己勞動賺的錢，換取回家這趟路，我戀戀不捨握得更緊，渴想榨出更多價值。

時序進入冬日，找到全職工作機會似乎更渺茫了，我又找了一份兼職，為一位在醫院擔任顧問的老醫生翻譯醫學文件，一週兩次。老醫生一張肉嘟嘟紅撲撲的短臉，灰白眉毛根根倒垂，乍看像和藹的聖誕老人。他似乎特別喜愛我母校文學院的女學生，替他應徵接任人選的女孩與我同屆畢業，她說，主任人很好。雖然時薪只有一三〇元，搭公車往返就去掉一半工資，但這份工作讓我舒了一口氣。經歷許多面試，一再被拒絕後，我對自己的臨場反應失去了信心，人們愈是嫌我說話細弱，愈是張不開口，只能僵笑躲避對方目光。比起面試時迅疾的短兵相接，跟退休老醫生相處起來節奏較為從容，我以為只要在翻譯時常常抬頭微笑，聽他誇耀以前的豐功偉業就好。

不久我發現，光是微笑還不夠。老醫生耳朵重聽，我回答小聲一點，他便皺眉用嘶啞聲嗓大聲重複一遍。我很習慣在權威者面前示弱，便試著扮演一個馴順女學生，拉高嗓門，故作天真睜大眼，彷彿對他的陳腔濫調充滿驚奇，佐以些許嬌憨脆笑，這招讓老醫生很受用，工作後留我聊天的時間也拉長了。我天真地以為能取悅雇主是社交技巧上的躍進，我距離真正的職場更近了一步。

同時我仍四處寄送履歷，但徵聘廣告比夏天少了許多，莫非多數畢業生都找到工作了？弟弟從老家打電話來，問我要不要回家，大約是母親擔心我，託他探口風。我躺在凌亂衣物上，說暫時不回去，快了快了，我快找到工作了。放下電話，我眼前浮起父親化療後脫光頭髮的蠟黃臉容，癌細胞分分秒秒蠶食著他的身軀，他還能等我多久？我頹然倒回汗臭裡，一個個問句泡水般膨脹開來，擠撐著腦袋，催逼我給出答案。

工作時我還是打疊起精神，盡可能妥貼回應老醫生。他交給我翻譯的文件愈來愈薄，聊天的時間卻延長了。我感覺到他作為一個閒職顧問，徵求翻譯不過是為了找年輕女孩閒聊，並非真想了解醫學新進展。察覺他的意圖後，我心頭搖搖浮躁起來，不知該不該繼續做這樣毫無意義的工作。某天老醫生問起我將來的打算，我尷尬地笑著，說可能會去考研究所。他口沫橫飛說好多女孩都爭著嫁醫生，高學歷的女生更為醫生世家垂愛，我不知該如何接話，正思索著要說什麼好，忽然感覺一隻手被一雙肥厚肉掌包住，來回撫摸摩挲，呆了半晌，我才奮力掙脫開來，老醫生垮下臉。所幸下班時間到了，我慌亂收拾東西，細聲說了句主任再見，就急急推門離開。

回程公車上，異樣觸感揪住手背不放。迎著窗外的寒風，我一側臉頰冰冷，另一側在陰影裡隱密熾熱著。

回家躺在竹蓆上，我對著燈光舉起手，黯淡皮膚下浮著青筋，手背與手腕交接處瘦得凸出一塊骨頭，像被生活咀嚼後吐出的殘羹冷炙，有什麼值得老醫生染指？隨後我疑惑起來，當初替老醫生徵人的前任翻譯和其他助理，是否也曾遭受同樣的騷擾？但她沒說老醫生任何不是，難道只有我的舉動被解讀為一種狎暱暗示？還是因為我不諳成人世界的潛規則，無法圓滑應對長輩表達善意的方式，結果變質為窘迫的拉扯？

想到下次還必須面對老醫生，羞恥如巨蟒纏繞住頸脖，慢慢箍緊。我無法失去這份工作，我怕在家等待回信，我需要工作緩解焦慮，需要勞動後獲得回饋的安心。儘管工資不多，但鈔票與硬幣握在手裡，讓我相信自己有資格擺上人力市場，能夠在小套房裡苟延殘喘，而不致於在無止境的等待信件回覆中發狂。

我說服自己，工作就是交易，雇主付錢讓我在固定工時內，將肉體物化為一具勞動機械，縱然我以為我是在從事腦力生產，老醫生作為我的雇主，他企圖交易的產能並不是我翻譯的內容，而是退休後維持醫師優越感的宰制情境，與年輕女孩調笑的瑣碎樂趣。他會動手動腳，我未來的主管未必不會，我必須抹消身體界線被進犯的嫌惡，更妥善控制情緒，才稱得上是合格的機械。

那樣少的薪資，就足以讓我否定被騷擾的嫌惡感，反過來責備自己不懂得迎合雇主。為了緩和求職的焦躁，我在放著一三〇元的磅秤另一端，押上僅餘的尊嚴，是否太過卑賤？我熄了燈躺下，指甲邊緣翻翹的肉刺隱隱作痛，像漆黑裡一點火光。

下回再去醫院，我惴惴推開辦公室沉重的門，老醫生臉面結了一層霜殼。文件需要翻譯的部分很少，一下子就做完了，冷空氣壅塞著凝重低壓，我的手指僵在鍵盤上，過往輕鬆氣氛不再。我偷偷轉頭，老醫生泛著油光的粉紅頭皮對著我，一抬頭肅殺眼神炯炯，把我視線逼退回鍵盤，指緣翻掀起的傷口凝成深紅。

接下來兩晚我都沒闔眼，腦袋裡的雜沓念頭宛如澆鑄成纍纍重物，每轉一次頭，就跟著重重翻落枕頭。我無法忍受再見到老醫生，我決定辭職。

辭職時我仍對老醫生說，謝謝主任的照顧，他咕噥了一聲算是回應。走出醫院，經過天橋，喧囂沉澱落底，冷風翻湧起灰黯雲浪，我忽然想到，是年底了，距離畢業已經五個月，我還沒找到正式工作。這五個月，我把自己倒進一個個鑄模，乞求自己凝固成被容納的形狀，卻洩漏一地狼狽。此時遠方大廈巨幅廣告布幕劇烈拍打牆面，大風襲擊著我，底下柏油馬路正好空出一塊，沒人。或許上天要給我一個訊息，最終只有街道，接納無處可去的人。

我捏緊欄杆扶手，眼前模糊了起來，路面線條顫抖著，逐漸化為抽搐的輪廓，彷彿忍著劇痛。我鬆開手，走過天橋，淚水膠了一臉，在父親過世前，我不能死。

十二月我找到學校短期代課的工作，撐到舊曆年前，我正趕著做翻譯社文件，有天突然接到一通電話，來自最初讓我滿懷希望的雜誌社，主管說現在有職缺，要我再次前往面試。冬日，陽光越過鍵盤的時間不再像夏天，將黃昏拖曳成漫長的凌遲，黑夜早早淹沒了世界，我整個人凍得遲鈍，像卡式錄音帶轉盤脫落的磁帶，消去與世界的關聯，聽聞這消息既不欣喜，也不激動。

我換上夏天在大賣場買的襯衫，身體與布料間空蕩蕩的，再套上一件褪色夾克，就前往赴約。

主管問了我幾句話，說她翻出之前面試者檔案，覺得我的履歷適合這份工作。她大約找人找得厭煩，談了五分鐘就應承我年後來上班。我盯著她泛油浮粉的臉，與父親的枯槁臉容交疊，彷彿過去幾個月只是一瞬噩夢。出辦公室後，我才反應過來。這七個月我在地獄走了一遭，最終仍回到原以為夏天會錄取我的這間雜誌社，上帝像是衝我勾了一下嘴角，轉身留我陷入無底泥沼，在黑暗淹沒口鼻即將窒息之際，又將我拔出生天。儘管我生還了，憂鬱的瀝青黏附在身體罅隙，嵌進血肉，與我的肉體共生。我不再是七個月前仍對世界懷有信念的善感少女，我的靈魂脫了水，喪失了對人類柔軟溫熱的感知。

經過反覆演練，我打電話告訴父母我找到了工作，語調異常冷靜，深恐口齒一軟弱，觸及肺腑深處，所有猶疑、怯懦、狂躁、恚怒會傾瀉而出。

其後我每天趕著尖峰時間通勤，拿到第一個月薪水時，心臟悄然興奮跳動，我終於有錢可以和同事一起吃午餐，不必偽裝減肥。我有了一張辦公桌，有主管帶領我進入雜誌這一行，結識了一幫熱心同事，收入扣除房租和生活費還能勉強存點錢，雖然因為過度緊張持續失眠，一切看似在好轉，我甚至戀愛了。但我有預感，長久積累的憂鬱將在我體內緩緩釋放，摧毀一點一滴建立起的正常人樣貌，在我面對工作壓力強顏歡笑時，在我壓抑狂躁，佯裝溫柔對待戀人時。憂鬱像一頭蝙蝠倒懸在我臉上，展開無限延伸的肉翅，亮晶晶小眼珠映出我的黑瞳孔。

不多久我再度失去了工作與戀人，長期服用藥物抵抗憂鬱症，病情像一道長浪起起伏伏，永遠追逐前方幽靈船的幻影。至今我仍反覆在夢裡回到失業那七個月，白瀑陽光灌頂，眼前卻是盲目的黑，耳邊閃爍著雜音，雙手只摸索到遍體寄生的痛苦，與我一同靜靜喘息。

精神病院皮下鉤沉

許久以前，和朋友騎車上山，經過城郊的精神病院，好奇往裡窺探，那時我渾然不知往後有十年時間，我會不斷出入這幢建築。

剛開始接受治療，櫃檯有一位精壯猛男，冷氣下只套著一件小背心。近一兩年他已穿上針織衫禦寒，批價時可看到他頭頂髮叢微稀。十年來醫生開出的無數顆抗憂鬱藥物，也逐漸平息我曾洶湧的病情，只是最後已分不清是藥物或時間，形塑出如今這個我。

回顧十年前醫院的候診區，少了iPad和智慧型手機分散注意力，病人只能仰望吊掛式電視。電視多數時候都在播放動物星球頻道，為了避免刺激病人情緒關閉了音頻，殊不知少了聲音，畫面閃爍的色彩光影更顯鮮烈，將等待的煩悶蒸騰為焦躁，凝結成陰鬱氣壓，瀰漫整個候診區，悄然喚出病人內心的魑魅，搔抓著胸膛。有些人用意志力遏阻內在的騷亂。他們駝著背，把頭埋進雙臂裡，緊抱住自己，試圖攔住怨憎漫溢。這是一場艱難的搏鬥，每秒都有千萬個念頭從腦裡蠕蠕往外鑽，爬過肌膚毛孔，細微痛癢交融為體表一層蠢動的膜。精神病人都怕這層膜一旦迸裂，自己會變異成一個陌生人。我曾在等待看診時用雨傘擊打門診室牆壁，只因牆面在注視下曝白發亮，亮到令雙眼刺痛。起初我只是用傘尖輕敲牆壁，算是下意識一種無言的抗議，但隨著敲擊力道一下下反彈顫動，傘尖回擊白牆的力量愈來愈強，我整個人彷彿化作傘尖那一點，直往那層將我阻絕在外的白摜去。最後護士跑來按住我手臂，我才驚覺心裡的獸已縱躍過界，對這個世界發出怒吼。

我也曾在走道上，聽到隔壁候診區傳來咆哮，一個與我錯肩的胖子回頭探看，迎面一個清秀女孩從轉角追出來，狂暴的髒話雷鳴般陣陣劈落，在走廊迴盪如鬼嚎，令人無法相信發自女孩的嘴。我和胖子都被震懾住了，轉身落荒而逃。兩個護士趕緊一人一邊攙著女孩，半推半哄將她押進診間。所有病人同時轉頭，望向診間緊閉的門，臉上壓抑不住惶恐——病人都有共同的隱憂，害怕精神病如癌細胞蔓生占據身體，在某一刻完全取代原本的靈魂，使人化身為獸，被驅逐流放出人類社會，陷入絕望的孤立。恐懼盤踞著病人腦海核心，宛如希臘神話中囚禁在迷宮深處半人半牛的怪物，而怪物吞噬的犧牲者，便是病人的自我。

因而在候診區，不少人會互相攀談，無論是為了排遣等候的不耐，抑或為了尋找同類，確認自己不是孤獨痛苦著。有女子用毫無起伏的僵滯語調，不斷講述被性侵的遭遇，彷彿如此就能假裝是發生在別人身上的事，不是她，不是被凝凍在事發當下無法逃離的她，不是被夢魘侵擾的她。也有父母傍著癱軟如爛屍的兒女，不厭其煩對聽眾細數照料精障者的辛勞，但從孩子偶爾冒出的喃喃自語，一絲微弱的反駁，令人悚然發覺精神病患束縛衣前身，竟是愛的枷鎖。我一般不會加入候診區的談話，但旁觀他人勉力組構起零碎的語言廢五金，重現燒熔焦黑的人生經歷，我身上恍若長出其他病

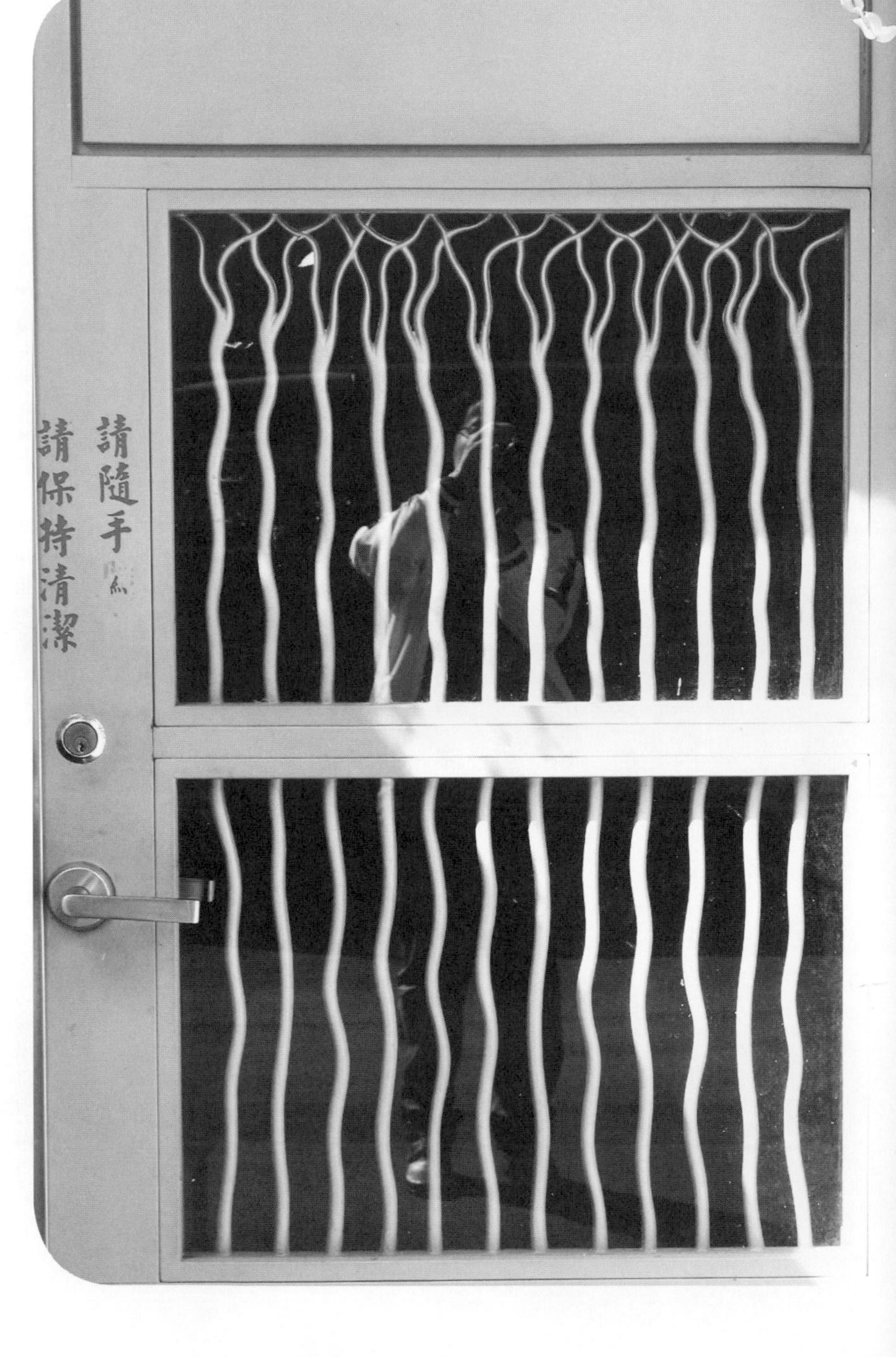
請隨手
請保持清潔

人的傷口，洋溢著血腥味。憂鬱症把我變成一個專精嗅聞痛苦的葛奴乙，敏銳追蹤他人的傷痛，駁雜情緒感染著我，在我血肉中蓬勃孳生。

前不久我目睹了一場細緻展演的言語霸凌。門診室前一名妝容端整的女子，認出之前在病房結識的病友，頻頻驚呼：「哇！你怎麼胖這麼多！」對方是個垮坐在椅子上的年輕男子，面對女子誇張的語氣，略抬起眼皮窘笑，一身虛浮贅肉裡隱藏著清俊輪廓，但精神病像一場黑雨的洗禮，把他整個人泡脹成不斷滲汗的融蠟。女子坐到他身邊，殷殷追問：「你現在有沒有工作？」「找不到。」男子疲憊地抹把臉。「怎麼會找不到？你看我，我之前也沒有辦法，結果你看……」女子聲調上揚，潔白針織衫勾勒出控制得宜的纖細身形，在男子溼臭鬆皺的T恤旁散發出獲得救贖的光暈。男子仍好脾氣笑著：「我學歷太低了。」

如同正常社群，病友會相互扶持，也互相競爭，同為精神病患，更懂得辨識對方心理上的阿基里斯腱。女子不一定意識到這是暴力。她可能仍被魍魎纏身，才需要回來看診，因而下意識用言語攻擊復原情況不如她的病友，彷彿藉由踐踏更弱勢的人，能將位階抬升到與正常人齊平，彌補隨時可能踩空，跌回疾病泥濘的恐慌。令我心驚的是，我原以為在這類情境中，我一直是無力還擊的受害者，見到女子我想起，其實我也曾不自覺戳刺他人軟肋。病人永遠恐懼自己會淪落到精神醫學手冊量表底層。量表底層冥頑乖戾的精神病患不是人，是需要隔離禁錮的變種異獸。恐懼驅使我們去追獵同類，相濡以沫的情誼，扭曲成獵人與獵物的屠戮。

精神病院表面上位階最高的人是醫生，一整套精神醫學知識體系在背後支持他，而門診室的空間也反映了醫病權力關係。橫亙在醫生和病人間的診療桌，擺設非常像教師辦公桌。病人從進門到落座都對著醫生，臉部表情和肢體動作無所遁形，醫生卻將身體大部分藏匿在桌下，遮斷病人視線。作為機構裡的矯治者，醫生也像教師，扮演著溫和的威權角色，用訓練有素的話術軟化病人心防，以關懷為名，從病人口中套取傷痕累累的生命史諸多細節。對某些病人而言，醫生就像他們未曾擁有的理想父親，他們忍不住將匱缺的欲望投射到醫生身上，甘心服膺開明專制的父權。儘管所有精神醫學教科書都教導醫生避免移情作用，醫生大抵都心照不宣，輕微的移情有助於讓病人聽命，使治療更順利進行。

精神醫學臨床上有移情作用，也有反移情作用。醫生對反移情理論的態度多半很彆扭，承認在治療過程對病人代入自己情緒的投射，有損理性權威的形象，就像偉人銅像不該黏附蛛絲。我的精神治療師，是個從頭到腳都符合台灣對專業女性樣貌期待的聰慧女子，除了過於甜美的嗓音和柔褐捲髮。她很在意美貌阻礙她建立起專業上的信任感。每當我以精神醫學術語反駁她的分析，可以從她頻繁的眨眼，看出她在按捺心中的不滿，或許我讓她想起以前小組討論時質疑過她的女同學，一個嫉恨她的同性。她自許要當一面鏡子，映照出我的徵狀病因，但我在鏡中看到的是一個優雅緊繃的女子，眼光掠過我，停駐在病歷工整的字跡上。

另一位開藥給我的醫生，大概因為無須像女醫師戰戰兢兢走在性別刻板印象與醫療專業糾合而成的鋼索上，單純直率得多。有一次我向他抱怨，精神病院只是收留像我們這樣被資本主義巨輪輾壓到再也榨不出生產力的渣滓，根本不把病患當成獨立個體對待，他坦白承認他也只是龐大醫療機構裡的螺絲釘，他也夢想擁有一間私人診所，給每個病人充足的時間傾訴，而不是如我所言像在分類回收廢棄物。人都是憎惡工作的。精神醫師的祕密是，他們憎恨作為工作對象的病人。他們憎恨病人一個個來到診間，揭開靈魂的瘡疤，使他們不得不呼吸盈滿一室的惡臭情緒。醫生深知，儘管精神醫學體系為他們打造出神的光環，他們其實無能拯救靈魂，更無法預知病人何時會捲入暗潮滅頂。多年前我曾自殺未遂，近一個月後才向醫生坦承，向來溫和的醫生臉色突變，憤怒的陰雲積在眉頭。被救活後我對外界完全麻木無感，見到醫生發怒，心底反而生出奇異的愧疚與同情。精神病人內心泉湧的死亡驅力，永遠藏在醫生無法到達的某處，那是他們如何探索也無法觸及的絕壁。

服用藥物這麼多年，藥物瀝淨我狂亂的知覺，將腦袋清空成候診區白牆，空白、枯燥、缺乏想像，據醫生診斷，這代表病情好轉。醫生建議我不妨找份安穩的工作，漸進回歸社會。我啞然失笑。當初在多重壓力下崩潰，最後一根壓垮我的稻草便是工作上的挫敗與過勞，如今職場生態只會隨著經濟情勢衰頹更為嚴峻。況且我懷疑，現在是否還有真正穩定的工作？這真是弔詭的循環。

或許好轉真正的意義，是藉由藥物與疾病共存。藥物陪我捱過難眠的夜，比父母親密，比戀人執著。是否我會倚賴藥錠膠囊度過餘生？有幾次擅自停藥，戒斷作用由裡而外舐遍全身，像是有無數幼蛆鑽蝕骨髓，眼淚鼻水口水大量溢出，身體稍微挪動便劇烈暈眩，只能將動作分解成無數格，拖著彷彿行將四散的肢體，緩慢移到定點。戒斷的痛苦馴服了我，我從此盡可能乖乖吃藥。有段時日精神狀況和緩許多，醫生也判斷可以逐步減藥，但每次努力戒除了一陣子，只要發病時吞下一顆抗焦慮劑，之前累積的成果便重新歸零。它的藥效如此強大，即使知覺漲氾至瀕臨瘋狂，瞬間就能讓驚濤駭浪的情緒恢復平靜，彷彿方才的抽搐嚎啕只是幻覺。下次再發作，無論如何克制，最後我總是迫不及待吞下那顆粉紅藥錠，等待寧靜擴散全身。我拿捏著上癮的風險，在反覆減藥的輪迴中輾轉掙扎，如是十年。

現在醫院的候診區安靜舒適，中產階級病人增多，隨處可見穿著潮T拎著名牌包的時髦男女，盯著iPad和智慧型手機。還有高級公務員提著公事包來看診，要人通報身分，勞動醫師步出診間寒暄。過去套著汗衫藍白拖的勞動階級病友到哪裡去了？也許隨著經濟惡化，他們的支援網絡撤除了援助，他們便被貧病的重力拖曳跌落黑洞。也可能在精神病漫長的煎熬下，病人和照護者意志體力都逐漸乾涸，最後選擇走進永恆的幽蔭。有時聽到候診區耳語，聲音一低，通常就代表某條生命從世間消失。他們是被世界遺棄的塊肉，只剩一個無臭無味的代號，說出口轉瞬即逝。

精神疾病復原之路迢遠無盡。看完診去批價，我望著櫃檯人員熟識的面孔，腦中驀然響起一句歌詞「離開是為了回來」，在號碼燈跳動下，旋律有些走調。然而病人離開精神病院時總是高興的，彷彿內心的迷宮歧路，最終都可由醫院大門通往出口。醫院有接駁車直通捷運站，等車的隊伍是我見過最文明的乘客。人們在接駁巴士這個與外界聯繫的中介空間，不再熱絡交流，而是收斂自我，殖生出一層常人的擬態外殼，預備回歸醫院外的世界，下車還一一向司機道謝。對照社會新聞種種荒誕現象，被醫院調教到懂得自我規馴的精神病人，似乎是市民社會更好的人選。我也道謝，但有時在魚貫下車之際，我忍不住想尖叫起來，裂解緻密的秩序。我想大喊：我們不是將自我倒進正常人模具就會好起來！就能重生被社會接納！我們！我們離開，是為了回來——

然而在下車之前，離開以後，接駁車從醫院駛下陡坡，窗外可以望見醫院遠方的青綠山巒，坡緣是陰暗的墓碑群。坐在車裡，我記得許久以前一個夏日，和朋友騎車上山，汗溼透了衣衫，毛孔貪婪呼吸著大風，歡悅得幾乎和蟬一同叫囂起來。我沒料到往後會有十年時間進出精神病院，並將憂鬱風乾的幼嫩屍身，埋葬在公墓一角。

※本篇獲二〇一三年林榮三文學獎散文佳作。

北遷的壁虎

深夜，不知何處傳來壁虎接吻般的嘬嘬聲。我想到南部老家，說：「現在北部壁虎也會叫了，以前人們說，大安溪以南的壁虎才會叫。」

「牠們早就越過大安溪了。」台北長大的情人笑我少見多怪。

是了，一波波南部人北移多年，壁虎或許也隨之遷徙，在異地繼續唱著嘹亮的歌。

曾經我也是北上求學的一員，大學頭幾年住在學校宿舍，搬到外頭後開始租屋，過起遊牧生活。一間間斗室，美其名為雅房，實則無異於囚室。畢業後好一陣子找不到工作，南部的家也回不去。炎夏，颱風來襲，一個人躺在鋪在地板的竹蓆上，聽狂風暴雨搖撼四壁，彷彿也衝撞著內臟，質疑自己的生存價值。

找到第一份工作，並發生辦公室戀情在意料之外。她的租處極小，卻能容納我瀕臨潰堤的情緒泥石流。我們常並排躺在床上，她耐性極好，可以聽我呢喃一夜冗長沉悶的獨白。偶爾我也聽她敘述生命中的光采與挫折：大家族的傳奇軼事、有著小小缺點卻善良寬容的父母、少女時期喜愛的歌與詩、未竟的夢想、藏匿在內心深處的遺憾與愧疚。

她像株好風好土生長起來的小樹，發現自己不同於一般人的性傾向時，只說了聲喔，自然而然就接受了。我卻是株曲折的藤蔓，在外面的大世界探頭探腦，蜿蜒迤行了一段路，最後才攀纏上樹。

同居了一段時日，租約到期，我們搬到新家，也是她度過二十年歲月的舊家。數十年的老公寓，整修後仍遺留著她的成長痕跡。她說小時候舅舅會抱著她，站在陽台，數著路上一輛輛汽車。還有前面臥房，她五個多月大，就在那裡騎著學步車，滑來滑

去自得其樂。點點滴滴的回憶散落老屋各處，我撿拾嗅聞著這些往事，彷彿也參與了她的過去。

在一起頭幾年，是情人最艱難的時候。由於我無法出外工作，她一肩挑起賺錢養家大部分責任，在我心情跌落低谷，整日癱屍在床上時，她也要煮飯洗衣做家事。有時精神亢奮到極致，思路無限迴圈，她還得充當業餘心理治療師，馴服我躁動的靈魂。好幾年後我才體會其間多少辛苦，全倚賴她驚人的意志力和信仰捱過來。在藥物控制和她的照料下，我慢慢掙脫出憂鬱症的流沙，打疊起精神，一面養病，一面做些文字工作。

一整天宅在家，情人外出上班時，偌大一層樓幾乎全屬於我。一開始我不敢輕舉妄動，只敢坐在客廳沙發一隅看書，聽隔壁鄰居拌嘴吵架，試著熟悉陌生環境，直到有天發現自己體味已滲入空氣，置放角落的個人物品也逐漸蔓延開來，占據廚房衛浴，我才像頭認定巢穴的小獸，開始探索新空間。

我向來嫌惡家務，因為從小眾人都說那是女性必備技能，讓我視之為父權體系加諸女性的枷鎖，現在雖然知道維持家居清爽可使心情平靜，心理仍有些障礙，不願動手，所幸情人沒有潔癖，容忍我按自己的笨拙步調，學著做家事。每當翻譯或寫作累了，我便起身洗碗或擦抹桌子，將廚餘油膩清理乾淨，或巡邏每個房間，撿起兩人散落各處的衣服，丟進洗衣機清洗。我重新學習如何整理家務和自己，學會看洗標，將深色和淺色衣服分開，有縫珠或亮片的洋裝衣裙記得翻面放洗衣袋。晴朗的午後，我從晾衣竿取下衣物，情人這麼大人了，T恤卻總有一股獨特的幼嬰乳香。把一件件吸附身體記憶的衣服，摺成小方塊，妥當收進衣櫃抽屜，再回到書桌，文字也染上了我和她親密的溼度顏色。

既然是我和她的家，我想我有權改造它，剪裁成兩人生活貼身舒適的保護層。我在書房舊式木框毛玻璃窗前，掛上情人的南洋印染抽穗布，再加一層從永樂市場買的大幅蕾絲，充當窗幔。電視旁的收納櫃，我送她的發條鐵皮小騎士和她送我的手工毛毛兔，是和平共處的上下鄰居。我的米菲兔和她的無尾熊更依偎在彼此絨毛中，時時與我們對望。陽台原本堆滿前任房客雜物，經過清理後，我們從附近花市買來多樣花草，興致勃勃布置花園，幾次颱風摧殘後，一盆盆非死即枯，只有她向鄰居要來扦插的到手香依然茁壯茂盛，氣味清新中略帶土腥，厚實葉片沾滿柔毛，如她一般令人安心。是了，茫茫人海，只她一人，在我最絕望病情最嚴重時陪在我身邊，陪我上醫院，提醒我按時吃藥。溫柔終究治癒了暴烈。

如此經年，我仍是病人，她仍在職場上顛簸前行，不同的是現在我們有彼此作伴。客廳書櫃前，我把我們童年的照片擺在一起，同樣天真的笑容，同樣預想不到往後成長過程中，會遭遇到那麼多憂傷失落。也許正是因為感覺到對方隱藏的傷口，我們才會互相接近，分享日常瑣碎的快樂與煩惱，在廣袤世界築起一個窩巢。

「我要先睡了。」我的情人，宣稱她每天必得睡上八小時，往往比我早睡，說夢話時會傻笑，熟睡中寧謐如嬰孩；而我在深夜，對著電腦文字檔奮戰不休時，耳邊總會再次響起壁虎嘬嘬聲，提醒我，記得給她一個睡前吻。

※本文改寫自〈女子有家〉，原文收入《我的違章家庭：28個多元成家故事》（女書文化出版，以筆名林瑪可發表）。

輯一

慾望咬開所有

恥骨

我已不記得是在哪本書初次讀到「恥骨」這個詞，但當時我立刻就知道是位於下身的骨骼。

在中文裡，脖子以上的部位名稱光明磊落，額頭是天庭，前額兩側叫太陽穴；肚臍以下卻幽溼神祕，生殖器官所在總稱私處，覆蓋體毛的三角地帶叫陰阜，陰阜下隱藏著恥骨。凡是向上都是可對人言的明亮，向下卻是需要噤聲的禁忌。

恥骨不是被借喻為堅毅品格的脊梁，也不是寫滿命運徵象的掌骨。對賜予我恥骨的，我父母那一輩人，它是羞恥的骨骼。女兒的身體不同於兒子，兒子的身體是坦蕩驕傲的，女兒的身體需要遮蔽，乳房、陰部與大腿，所有具有性意味的部位都是羞於啟齒的祕密，恥骨也不例外。少女時期，我厭惡我的童身發育成女體，為我招致屈辱，總是感覺身體滿滿滲黏著滾燙的羞赧。

長大後我才明白，正因女體柔軟，女陰更是幼嫩之最，恥骨成了我身上最重要的骨骼。當我張開大腿，敞開陰道，袒露靈魂脆弱的核心，恥骨抵禦著交媾時猛烈的撞擊，保護我的性器與心不受傷害，即便我與對方再怎麼親暱，恥骨為我隔出界限，提醒我在體液交融中，我仍是獨立的個體，不能縱容對方以愛為名越界操控我。

因而對我來說，恥骨是我全身唯一稱得上是錚錚鐵骨的骨骼。恥骨撐起陰阜的脂肪，保護女陰，無論這世界有多少鄙夷女身的辭彙湧向陰道，因為有恥骨支撐，我敢於岔開雙腿，面對外界的惡意。

然後我試著邁開步伐，飛跑起來，愈跑愈快，掙脫了我曾浸泡其中的稠厚羞恥。

現在我解衣入浴時，對著自己逐漸鬆浮的肉體，偶爾少女時期不快的記憶仍滋滋燒上

身，但我知道雙腿間有一根骨頭，以恥為名，卻強悍而堅韌，悖逆著固有的指涉，一直在我體內，嘹亮地靜默著。

雙

雙是我和他，雙是我和她，雙是我自己。

二十多歲與女友在一起後，我將自己的性傾向定義為雙性戀。

從小我在保守鄉間長大，還不懂何謂同性戀，便接受異性戀教育。男與女、陰與陽、天與地、善與惡，透過成人反覆灌輸，將我的世界剖成兩半，像日出而作日落而息的固定作息，跟隨多數人行動便是倫理。在二分的世界裡，沒有選擇，踰越了善一寸便是惡。

是失眠讓我看見兩個世界的接縫。六七歲時，我便常在漆黑裡醒來，溜出臥室，坐在落地紗窗前，看黑夜漂淡成灰藍，日光消融了霧，從朦朧轉為清朗，在日與夜的罅隙，兩個世界彼此穿透。自此我知道現實不是只有絕斷的對峙，還有曖昧游移其間。

平日我仍是個循規蹈矩的孩子，多數時間沉浸在閱讀裡。我發現無論是西方童話或中國民間傳奇，女子生命的歸宿幾乎都是男人，但女主角在愛情歷險中散發出的魅力仍讓我痴迷。我時常在筆記簿上畫著類似長相的女子，略方的下巴顯現她的清冷性格，鼻梁和眉骨的挺拔線條與之呼應，但脈脈含情的雙眼軟化了整體輪廓，呈現出被愛情觸動的迷茫少女模樣。

她是我眼裡的女神，但只有在愛情光暈照耀下，她的美才得以顯現，離開了光，就剩下庸俗黯淡的現實，因此每個女孩都需要一個讓她的美綻放的男人，沒有人告訴我，女孩可以自己盛開。

如此我成了一個自覺愛男人的女孩，但求學時期仍不時閃動著同性間的親密。P和我從小學中年級到國三都是同班同學，是我剛邁入青春期最好的朋友。當時愛滋病在媒體上譯為愛死病，是無可救治的世紀絕症，怵目驚心的卡波西氏肉瘤宣傳圖片，被援引佐證為同性戀的天譴。另一方面P借我一堆日本耽美漫畫，以往少女漫畫濃眉大眼的男主角和眼睛閃爍星星的女主角，變形為纖細骨感，介乎少年少女之間的中性角色。耽美漫畫讓我知道，除了教科書倡議的一男一女充滿生殖功利取向的婚戀外，這世代興起另一種愛的可能，不受傳統性別角色束縛，超越繁瑣禮俗與傳宗接代，愛得清爽而不羈。

事實是師長父母希望我們當個無性戀，在他們貧乏的想像裡，性是邪靈，愛情是包覆邪靈的畫皮，同性戀則是最隱蔽的禁忌。我在周遭環境沒見過真實的同性戀者，唯一的印象是電視新聞中祁家威向路人分發保險套的身影。女同性戀就更罕見了，彷彿劍齒虎猛瑪象，是傳說中的存在。

女校裡的女孩，卻不會因為沒有女同性戀形象參照，就不懂得去愛。高中班上有個同學Q，滿頭俏皮的自然鬈，整天漾著兩頰笑渦，數學成績一枝獨秀。我常去問Q數學問題，後來Q見到我，笑渦總比平常深一些。我發現自己對她講話時，會不自覺拖長尾音撒嬌，這讓我微微不安，漸漸疏遠了Q。

後來與Q曖昧的兩個女孩為了她爭風吃醋，在自修課吵嚷起來。我望著女孩們涕泗縱橫的臉，一點也不像耽美漫畫裡潔淨無垢的美少年美少女，但這是真實的。愛是真的，女孩愛著女孩也是真的。

離家上大學後，生活裡冒出大堆優秀同儕，催逼我瘋狂吞噬哲學社會學理論，用有限的預算，模仿台北女孩俐落洗練的舉止裝扮，洗脫身上的土俗，摘除眼鏡換上隱形眼鏡。我感覺在這競爭激烈的戀愛市場中，非得把自己改造成一個出挑的女孩，才有資格被愛。

認識鏡的時候，我已經放棄戴隱形眼鏡了，角膜以疼痛和淚液逼退了鏡片。我的自我改造並不成功，常在人前拚命拉起寬鬆下滑的牛仔褲褲頭，從背包掏東西必然撒落一地零錢衛生紙，尷尬與狼狽像宿疾般跟著我不放。我知道我沒有魅力，除了對知識的理解吸收比別人快些，在這所擠滿菁英的學校裡，才華與學識是僅次於美貌的戀愛資本。

鏡是我在社團認識的學姊。她比我更安靜，在人群裡像一株孤獨的樹，披覆著枯瘦枝椏，默默走在椰林大道邊沿上，從體內的空竅發出緘默，像穿過樹洞的風聲，召喚我接近她。一開始我們只是一起走路，她不太答話，但我莫名就講起我喜愛的電影和音樂，我們很快熟稔起來。

一趟趟並肩的漫長路途中，不久我便發現鏡的洞察力敏銳得驚人。她常在我說了一堆不著邊際的話後，直接省略整理紊亂話語的過程，拋出一兩句話，抽解出絞纏思緒的線頭。或是當我試圖分析某個現象，思路在死巷前止步時，她會眨眨瀏海下的細長雙眼，提點我轉移到另一個視角，穿越邏輯迷障，瞬間豁然通亮，望見不同的風景。和她在一起，像是隨時在智識上接受電擊針灸，充滿驚奇與刺激。

鏡曾在社團出櫃，日後她告訴我，她從小就知道她對男性沒感覺，但她不是女同性戀對應異性戀性別角色二分法中的T或婆。在女同志從陽剛過渡到陰柔的光譜上，她定義自己的性向是不分，一種二十年前在各大學校園初興，混融堅韌與溫柔，鷺鷥獨立般的新人種，迎向眾多開放的可能性。鏡一向低調，描述自己時不像我寫的那樣戲劇化，頂多我們一起吃飯時，她會忽然噗哧一笑，說不分好難找女友。

鏡總是不動聲色，把想法埋藏在內心深處。我不知道她怎麼看待我，也不知道我對她的崇拜是否還摻雜些什麼，但我知道我渴望被她所愛。我們一起吃飯，一起看電影，一起旅遊，她讚美我不認識的女性朋友時，我會在腦海勾勒出情敵的輪廓，填上想像中比我更聰慧美麗的女孩形象。我想探問她對我的看法，又不敢直接開口，忍不住一再挑戰她的耐心極限，彷彿這能證明她至少在意我。有一次我想買某個日本女星全裸寫真集，價格太貴了一再猶疑，她受不了我磨磨蹭蹭，替我出了一半的錢，我又是欣喜，又不好意思，窩在心臟的雀鳥羞縮成一團，只露出嘴喙啄破心尖。我拉著她去看我喜愛的地下樂團表演和春吶音樂祭，她總是笑著答應，眼底卻有淡淡的無奈，偶爾閃過一絲嘲諷。

我不明白，鏡無底限地容忍我的幼稚，是出於好感，或者只是好脾氣。前往參加春吶時，在台北到墾丁的長途遊覽車上，我顛得渾身痠痛，鼓起勇氣對她撒嬌說，讓我靠一下，側著頭艱難地躺到她腿上。她的腿骨隨著顛簸車行撞著我的頭，每一下都是一次生硬的拒絕，我就勢抬起上身靠回椅背，曖昧倏然而止，尷尬的氣息擴散開來。我很迷惘，究竟是因為我不是女同性戀，所以與鏡肢體接觸時沒有期待中的顫慄甜美，抑或鏡藉由她的筆直腿骨，表明對我不感興趣。

之後我收到鏡一封信，一開頭就寫著：「我和你都是等待被虎撲的羊……」她說得沒錯。我們向對方各走近了一步，卻延宕著遲遲不願當那個先告白的人，如此恐懼被拒絕，只能是因為不夠愛。

我沒想到鏡作為一個女同性戀，顧慮得會更多。當我開始對她談起阿遇，或許她已覺得，即便我與她之間升溫至氤氳微熱，只要有可能性的男性出現，我就會像許多女同志悲戀故事裡，棄同性愛侶而去的異性戀女子，順應社會規範，回到主流常軌。

阿遇是社團學弟，長得乾淨清秀，講話有些結巴，永遠慢一拍的節奏透出些許稚氣。我喜歡找他說話，大概因為我們都出身鄉鎮，他不像成長於都會區的同儕自信得令我畏怯，也不像我所認識的許多異性戀男孩，習慣用教導的口吻主導對話。當時我對西方思想哲學的領略比阿遇多些，對他侃侃而談時，他欣羨的眼神滿足了我的虛榮。這是第一次我被同齡男性如此認真看待，心頭的竊喜搖鈴般叮噹作響。

與阿遇走在一起時，因為是一男一女，繞行過校園小徑或附近地下道時，我們常被熟人當成一對戀人，社團學長姊也如此調侃我們，但我們不是。我們常在公園談論楚浮與法斯賓達的電影美學，久了嚴肅的話題逐漸轉為調情，阿遇有時會拙劣地試探我的性愛史，暗示他對性不是一無所知，足以引領我成為「真正的女人」，彷彿如此就能在智識角力上的頹勢扳回一城。我佯作經驗豐富般鎮定微笑，心裡卻非常失望，失望我沒有足夠的歷練和情色資本，展現自信煥發的形象與他抗衡，也失望他和其他異性戀男性一樣，容不得女性智性上茁壯過他，務求在其他方面壓制我。

我厭倦阿遇不斷迂迴窺探我的想法，矛盾的是，我也無法直接表白或拒絕他，因為從來沒有挑明交往，根本無從著力。正好有位學妹時常說她想談戀愛，我就將她介紹給阿遇，這是我的哀的美敦書，驅策他下決心開口。最後阿遇選擇了學妹，我雖然失望，但也鬆了一口氣，以為我和他的糾纏可以就此結束。

令我不解的是，學妹與阿遇似乎不是很滿意彼此，單獨與我相處時，提起對方語氣盡是嫌棄和埋怨，說勉強交往只是為了找個伴一塊讀書。我很疑惑為什麼他們全然沒有戀愛中的熱烈，但也沒有追問下去，真以為他們就是一起研讀傅柯。

幾個月後，我以為他們交往不久，已感情褪淡分手，便約阿遇一起去聽樂團看電影，再度悄悄滲出曖昧。過後我突然接到學妹的信，信裡解釋她心情低落，因為擔憂懷孕，我非常震驚。我不能理解他們的作為，只感覺似乎被愚弄了。

我滿懷迷惑地向社團朋友尋求解答，卻被當作愛慕不成，惱羞成怒，於是我轉而向鏡傾訴。鏡聽我喋喋不休地分析他們言行後的心理機制，久了眼裡的憐憫逐漸轉成不耐，回想起來，聽著曾經對她表達傾慕的女孩，不斷談論另一個男孩，心情該是百味雜陳，但我自顧自焦慮著，沒留意到她有些異樣。

我困在曖昧的迷津，摸索不出愛的實相，憂鬱症像黑色潮水漲成洪澇，淹沒我的意識。我不再和與阿遇相關的人往來，總覺得人們看我的眼色，像在譏笑我的善妒與愚蠢。我只信任鏡，纏著她索求安慰，沒顧慮到她剛畢業進入職場，精神壓力異常巨大，我的絮叨加重了她的情緒負擔，也背叛了我們過往的親密靈犀。

收到鏡的絕交信時，我在宿舍打一篇報告。我已經忘了信的確切內容，只記得讀完後我趴在桌上，後腦杓像被鑿空一塊，涼颼颼的，過了半晌才反應過來，最後一個願意聽我說話的人也離開我了，是我逼走她的，沒人受得了我的任性自私。她送我的CD，她畫的鉛筆圖還在書架上，但她已經從我生命淡出，未來會是空曠的荒垓，沒有人陪我一路走，一路笑著踢開橫在路上的椰子葉。

涙水緩緩漫上眼瞼，彷彿拖沓著不願承認，痛苦就能慢點成真，但事實就在電腦螢幕上了。我想起鏡曾告訴我，法國女性主義學者西蘇（Hélène Cixous）運用法語裡voler飛翔／偷竊的雙重涵義，來詮釋陰性書寫，女子不但要從男性那裡竊取被壟斷的文字，同時也藉由寫作飛脫父權框架。然而我和她，兩個羞澀敏感的女子，羽翼相繫的結果卻承托不起彼此，反而牽連著對方雙雙下墜，我失去了語言，也失去了書寫的能力。愛是散光患者的仰望，是分裂的兩個自我喁喁對話，也是人格邊緣參差的匱缺。在愛當中我傷害了人，也受到傷害，但當時我沉溺在自憐裡，看不見我對鏡有多殘忍。

輪到我畢業時，父親重病與失業累加的積鬱壓逼著我，強撐到最後，我再也無法忍受絕望的孤獨，回頭聯繫阿遇。我知道阿遇是喜歡我的，即便兩年沒有聯絡，我也毫不懷疑。我想狠狠談一場典型異性戀的戀愛，下意識要證明給當年社團的人看，我不是自作多情，我是真的被愛過。

那年SARS病毒尚未來襲的春天，我找到工作，並與阿遇迅速地戀愛了，然而失業時惡化的憂鬱症沒有因此好轉，一有機會我就對阿遇嘔吐般傾瀉出大量焦慮。彼時阿遇正準備考研究所，他告訴我，他家族的嚴苛條規如何摧毀了他母親的精神健康，箝制他追尋自由，同樣深受父輩幽靈纏縛的我感同身受。但他與我不同的是，他雖痛恨父權體系加諸身上的束縛，卻不願放棄男性子嗣的特權，他家早早為他購置了一棟房子，言明他妹妹休想繼承財產。每次週末短暫相聚後，他總是順應著父母意願，匆匆從賓館床上起身，搭車回家，像十二點一過就被打回原形的灰姑娘。

對他服膺權威的作風，我是有些輕蔑的，畢竟我靠著自己度過最艱難的失業時日，他或許也隱約感覺到了，競爭意識再次隔開了我們。在戀愛關係中，我對他做過最殘忍的事，也是他對我做過最殘忍的事，就是我們曾彼此袒露童年創傷，希冀愛能彌合傷口，卻沒想到日後發生齟齬，我們因而得以精確瞄準對方軟肋，言語一出鮮血直冒。

遇到這種時候，我多半別過頭，勉強一笑，假裝不在乎。阿遇在父母鞭撻下長大，習慣用謊話逃躲當下的災難。他說謊時兩隻眼睛會瞇縮起來，滴溜溜在我臉上打轉，確認我是否相信他。我們像兩頭負傷的獸，戒備著豎起鬣鬃，嗅聞對方傷口的血腥味，著魔般兜著圈子。

在愛情的拉鋸戰中，阿遇以退為進，伏在我膝頭訴說他過往和一個又一個女孩的邂逅，虛實交織的敘事中包含各種性的冒險與嘗試，如罪人懺悔，但這懺悔是不徹底的，他往往嚥下整段關係的某個關鍵時刻，留下懸念，仰頭看我的臉色，彷彿希望我在腦內自動補完他的性愛經歷後，主動寬慰他，殊不知他臉上已流露出說謊慣有的表情。我分不清他哪一句是真的，哪一句是假的，也不明白為何他無法坦誠以對，卻期盼我無條件原宥他。我知道整個社會諄諄教誨女性，在愛情中應如聖母包容男性的性特權，但我不需要聖母虛妄的高度，我要的是平等與信任。

虛虛實實的話語縈繞著我，在憂鬱深淵釋放著瘴癘，侵蝕我的腦臓肺腑。我頭腦一團渾沌，無法判斷在阿遇的純真面容下，還有多少謊言蠕蠕鑽動，只能拚命伸手求援，沒想到抓住了湖。

湖是我的同事，認識一段時間後，我就揣測她是女同性戀。她乍看開朗隨和，獨自工作時卻散發出與鏡相似的氣質，一種嚴肅的自我耽溺，專注保護著性傾向的祕密，像樹守護年輪的核心。一次出差同房時，我大膽詢問她，她蹙眉笑著承認。她剛脫離一段曖昧的關係，心情陰暗，驟然找到人傾訴，迅速拉近了我們的距離。

那時我為了憂鬱症所苦，每晚下班關在蒸籠般的租處房間，放任自己悶餿腐壞。聽湖說她家有冷氣，我便在下班回家後，走長長一段路，到湖的套房吹冷氣。第一次到她房間，我吃了安眠藥，一進門就蜷在地板上，貼著冰涼磁磚，恨不得把全身燥熱肌膚攤成一張皮陰乾。湖在一旁守著我，她也體會過憂鬱溶爛心靈的恐怖，深知沉默比言語更令人安心。

隨著我和阿遇的關係陷入僵局，我去湖的套房次數多了起來。我向湖傾訴關於阿遇的煩惱，討論喜愛的作家與導演，她告訴我她最愛的魯迅〈墓碣文〉詩句：「……於浩歌狂熱之際中寒；於天上看見深淵。於一切眼中看見無所有；於無所希望中得救……」待到深夜我才戀戀不捨起身，歪歪倒倒走回我的住處。湖柔軟的床褥誘惑太強烈，我渴望在床上被擁抱，如幼嬰蜷縮在母親懷裡，安靜睡一覺，不摻雜一點猜疑，但我害怕再次被曖昧的漩渦吞沒，堅持不在她那裡過夜。湖總是下樓送我到公寓門口，門楣燈泡的光映在她的黑眼珠上，宛如金色鳥兒劃過夜空的重影。

我向阿遇提議，既然暑熱會誘發我的躁狂，約會時不如由我出全部的錢，去賓館休息，他不願意，他的男性尊嚴繃得太大太薄，輕輕一戳就破。偶爾他載我到他的租處，一個同樣沒有冷氣的房間。汗膩的肢體交纏後，我獨自躺在靠牆的木板床上，方才他的陰莖衝刺時，牽動我的頭頻頻撞擊牆壁，暈眩中彷彿滿屋都是一聲聲釘鑿棺木的迴音。阿遇已回到燈下，繼續捧著原文書苦讀，準備研究所考試。我感覺自己像一具使用後擱置一旁的性容器，膩著毛孔分泌的油汗，愛戀的甜蜜已發酵酸臭，但阿遇嗅不出來。

阿遇相繼承認他和幾個曾跟我提起的女孩都發生過性後，發現我不但沒寬宥他，反而因為識破他似曾相識的謊言而暴怒，更不願意對我說實話。奇妙的是，下次見到我，他仍忍不住啟動半套懺悔的流程，彷彿暗示我，只有接受他所有作為，才能證明我的愛。我幾乎想告訴他，如果不能克制說謊，不如保持緘默，但他像套上紅舞鞋的芭蕾女伶，翩然旋轉出幻象，無法歇止，而我也無法停止追問，我們拉扯拖拽著逐步逼近瘋狂邊緣。

在我父親病危前幾日，阿遇終於鬆口承認，他和一個曾不經意提起的女孩子上過床，我不敢相信，連隨意的日常對話，他都能埋下伏筆。接下來一個月，我在台北與家鄉間來回奔波，回到家裡，我望著冰櫃裡父親的僵硬遺體，感覺阿遇和許多面目模糊的裸女身影圍繞在我們父女身邊，笑嘻嘻的，飛蚊症般揮之不去。父權體系許諾與禁錮我的愛一併崩解了，我全然失去了對阿遇的信任，也無法再倚賴父親，空前的自由在腳底下展開，空曠得令人心慌，令人想拋去所有顧忌，對這世界狂嚎。

湖或許是聽見了我內在的叫囂，才會拋卻道德感與我上床。那段時日的記憶大塊大塊殘缺，我已不記得第一次怎麼發生，湖說那晚我吃了安眠藥後不斷哭泣，乞求她與我做愛，證明這世上有人愛我。她褪去衣服後的身體像雪一般耀眼，然而又是熾熱的，彷彿肌膚下埋著活火山，心臟咚咚跳著，像岩漿般撲騰。出乎我意料之外，女與女的性愛，比女與男更為自然，就像把手放進溪澗裡，我感覺到自己的手指，同時感受到水流的速度與力量，我撫摸著水，我成了水，痛苦在高溫中蒸散了，我睡得很好。

這是我人生中一次跨幅最大的踰越，從深嵌其中的異性戀體制跳脫出來，在沉重的憂鬱症中，竟比往常步伐輕盈，讓我幾乎忘了這是出軌。

再見到阿遇，我學他慣常半開玩笑的語氣，告訴他我和湖待在一起時，精神舒暢許多，有時我們還會同床。他控制住探問的神色，繼續說笑，卻掩不住流露出如釋重負的輕鬆，彷彿高興有人替他解決問題，他不必費力安撫我的躁動，可以專心準備考試了，反正最後我肯定還是會回到他身邊。

我僅存的一絲愧疚在他的笑臉前消失。我質問自己，我以為理想中的伴侶關係不需要婚姻，不需子嗣，只要兩個人相愛，但從阿遇對原生家庭的態度來看，顯然他有別的考量。倘若他期望我犧牲自己，成全他的前途，我甘心像他母親一樣泥足在家，遵循他家族的諸多規範嗎？異性戀婚戀留下許多前人的足跡，跟著他們的腳蹤走，有一種從眾的安全感。與女人在一起，需要放棄一整個以往視為理所當然的世界，在游離浮動中顛危爬摸，到頭來可能只換取到一點自由，但自由於我比什麼都珍貴。

阿遇大概感覺到我被一股力量拉曳著離他而去，驚覺他小覷了湖對我的影響力。他開始編造出婚姻的美好前景催眠我，也催眠他自己，想像我們未來會有兩個孩子，一男一女，組成一個甜蜜穩妥的中產階級家庭，組合出一顆幻象水晶球，捧在掌心給我看，忘了他母親曾因婚姻生活發狂。我也配合他，說以後他會當上學者而我當導演，或者我當學者他當導演，我們的孩子會像軟糖捏出來般漂亮。我和他在合演一齣沒有觀眾的雙人劇，依循著異性戀羅曼史劇本，吃力回應對方的台詞。偶有恍惚出戲的一瞬間，我忍不住爆出大笑，是我們兩人聯手搭撐了這個殘酷劇場，扮演想像中對方想像的自己，給對方看。

除了獻祭給父權體制，這齣戲毫無意義，我愈來愈不能忍受扮演溫柔大度的準妻子，強迫自己說謊。父親過世後兩個月，我在出差工作時憂鬱症發作，搭長途火車回租處服藥自殺，發了一通簡訊給湖道別。吞安眠藥到喉頭欲嘔的藥量後，我躺在床上等待藥效發作，朦朧間打了一通電話給阿遇，隱約聽到他追問我家的電話，但我睏了，積欠一年多的睡意，雪崩般把我埋進黑暗。

再睜開眼睛，我看到母親和弟弟的臉對著我，像三朵凋萎的向日葵。阿遇一臉踟躇不安，確認我洗胃沒事後，說要趕去學校旁聽對考試很重要的一堂課，深恐我家人質問他。

我打電話請湖過來。我想念她溫暖而堅定的雙手。

後來阿遇告訴我，他打電話通知我母親時，救護車正開到我住處。「你媽媽說：『我好像有聽到咿喔咿喔的聲音捏！』」他頓了一下，看我面無表情，又強調了一次：「你媽說『咿喔咿喔』耶！」純真的黑眼睛裡，一簇惡意蠢蠢欲動，惟恐我沒注意到我母親滑稽的台語腔調。

我心想，阿遇不知道他有多麼恨我。我以為我只是要求誠實，他卻覺得我在揭他瘡疤，暴露他不願檢視的斑駁內裡。是我毀壞了當年我喜愛的，那個溫和純真的男孩嗎？我有點惆悵。

湖見我自殺後精神恍惚，提議我到她的租處同住，她可以照顧我，我便搬了過去。每晚我咀嚼著無數煩憂瑣事，不斷反芻宣洩，湖撐著眼皮，盡可能保持清醒聽我說話。某天深夜臨睡前，她伸手撫過我闔上的眼皮，輕聲問我：「你要不要跟我在一起？」

我轉頭望著身邊的臉，眼底一片豁朗坦蕩，腦內翻騰的亂流突然靜了下來。她講起她的成長過程，性傾向的認同，研究所時無望的暗戀。她之所以向母親出櫃，是因為在漫長抑鬱的暗戀期，弟弟正好也喜歡上一個女孩，眼看父母興奮地為弟弟敲邊鼓出主意，她實在無法忍受父母對待兒女的愛情有如此大的差別。

「結果我媽說，她會為我祈禱，希望我有天恢復正常。」她嘲諷地挑起眉毛。我像第一次認識般盯著她的臉。她有著稚氣的單眼皮，臉頰圓潤，嘴唇微微翹起，看起來就像個孩子，卻能完美平衡內心的明澈與黑暗。她是火山噴發過後形成的寧靜湖泊，波光粼粼下藏著超越外表年齡的深邃，我和阿遇浮躁的愛情在湖面前，充其量只是魯莽濺灑的水沫。

那段時間我很少跟阿遇碰面，但他也許隱約感覺到，自從和湖同居後，我愈來愈倚賴湖，而我與他過去積累的情感正逐漸瓦解，他不那麼肯定我會回到他身邊了。有一天阿遇透過朋友通知我，他被父母送進精神病院。在此之前我知道他情緒低落，他父親瞞著母親帶他去收驚，我極力勸他去精神科看病，他總說不要緊，這回進醫院，一定是母親知道了。我焦急了兩三個禮拜，阿遇終於出院，整個人憔悴許多，眼神閃躲著我，喃喃訴說母親帶他去一間私人精神病院，住院期間他遇上一個逃跑出來的女病患，兩人又發生了性，醫護人員押住他，將他鎖進禁閉室。

聽著他口中永恆的主題：父母、迫害、服從，最後又轉到女孩與性，像一本錯印的書，從頭到尾顛亂重複著同樣的段落，我已經沒有氣力追究事實，只想闔上書。

阿遇要求去我原本的租處，看他精神如此委頓，我無法拒絕。多日沒回我的房間，室內瀰漫著塵埃，阿遇爬在床上吻我，菸臭味從他口腔衝進我嘴裡，引發我一陣嗆咳，他也不在意，專注扶著陰莖矯正姿勢，彷彿準備奪回他的失土。他瘦得突出的恥骨撞在我的骨盆上，擂鼓般敲擊著我，搖撼著我，像一場馬拉松式的刑求，沒完沒了，我一口氣噎在喉頭，說不出話，情急之下想推開罩在上方的男性軀體，性突然就結束了。阿遇翻到我身側，發出微小的嘆息，我半矇著眼，胡亂扯了一件髒衣服枕著，閉上眼用力吸嗅。劫後餘生，房間裡只剩下自己的體味讓我安心。

幾乎睡去的一瞬，我眼角餘光瞄到阿遇坐在床沿，手上拿著什麼東西。我心跳一突，彈坐起來問他。他慵慵地說：「喔，我忘了戴保險套。」

我睡意全消，猛然想起以前學妹那封擔憂懷孕的信，全身一陣噁心的痙攣，沉聲問阿遇：「那假如我懷孕了呢？」

「不會啦，哪有那麼容易懷孕。」阿遇覷看著我的臉色，笑著說：「怎麼可能這樣就懷孕，沒有那麼容易懷孕啦！」

我想我臉色一定很難看，阿遇過了一會柔聲說：「如果你懷孕，那我們就結婚。」

阿遇不了解，我有多麼厭惡讓胚胎寄生在子宮，將我釘牢在婚姻裡。性可以是愛液與體溫噴湧的水火同源，是獨角獸終於邂逅同伴的嬉鬧狂歡，是氘核與氚核在高溫下緊密聚合，爆發出巨大能量的核融合。然而，當愛情衰變，慾望消散，性剩下一根陰莖，異形般鑽溜進陰道射精，占據卵子合成胚胎，吸榨血液中的養分，直到最後撕裂女體而出。性成了阿遇最終的武器。假如他不能留住我，至少可以讓我恐慌很久。

事後檢測，我沒有懷孕，但月經遲遲不來，我焦慮地無法工作。湖買了各式驗孕劑給我，讓我安心。她為自己在這荒謬情境中軋上一角感到好笑，自嘲地說：「別人要是知道了，一定覺得我很奇怪，給喜歡的女生買驗孕棒還不生氣。」我擁抱著湖，忽然覺得要是能一直抱著她溫暖的身軀，該有多好。

偶爾湖也會臉色憂悒，低著頭，孩子般的眼睛沾著溼意，怨懟地說：「你其實不那麼喜歡我。」我沒辦法回答她。儘管我與阿遇的愛情已經挨延到彌留之際，這段體無完膚的戀愛屬於青春的一部分，我需要時間與它好好告別。我還沒想好怎麼回應，湖已轉而露出微笑：「你如果真的不愛我，等你好點了可以離開，我們不要再見面。我會難過，但還可以繼續過日子。」我撫著湖後腦杓的髮絲，那樣柔細，分明是孩子的髮，內在卻清剛得像一把刀。

我仍記得向阿遇提出分手，明確說出我與湖已發生性關係時，深深鬆了一口氣，演了這麼久的愛情荒謬劇，我終於能面對自己慾望分岔的事實。阿遇露出慌亂的笑：「怎麼會這樣？」他手指插進髮叢，委屈地說：「我以為兩個女生乾乾淨淨的，睡在一起沒什麼……我以為她是幫我照顧你……」我冷眼旁觀阿遇陷在戲劇化的表演裡，心想他完全沒有必要表現得如此驚詫，我原本就不是無私無欲、空心倒模的雪白聖母像。是因為發現我寧可選擇女子，也要逃離異性戀的玫瑰園，他才那麼吃驚嗎？那一刻我很慶幸，我不會與阿遇一起罩進婚姻窒悶的水晶球，我解脫了，而他得拖著他的家庭踽踽前行。

分離還是痛苦的。雖然是我提出分手，但想到在阿遇心裡，相較於研究所，他的前程，他的家庭，我可以如此輕易被犧牲，我感覺我被父權體系遺棄了。父權體系沿襲內化的習慣像第二層皮膚，牴觸自我的時候是束縛，但同時也是一種擁抱，意味著被社會承認與接納。我不曾對自己的選擇後悔，只是有很長一段時間，我不時感到被放逐的痛楚像沸水當頭淋下，大塊大塊皮膚撕將下來，暴露赤嫩的傷口。

這是我蜿蜒繞行過男男女女的情愛旅程，一路糾纏著憂鬱與死亡，跌跌撞撞。我不知道終點在何處，只知道必須往前走，走到心跳平緩，腳步從容了，才有勇氣回顧那些年深陷其中的迷障。

起初和湖在一起，憂鬱症嚴重時，我連以言語描述痛苦都無法做到，只能暴怒哭泣，湖總是緊緊抱著我，直到彼此心跳聲以相同頻率振動。我們住在她的老家，一幢陳舊的公寓裡，像遠古洪荒時代的兩個孤兒，困在一艘孤舟上，外頭世界航行過次貸風暴、金融海嘯、無數戰爭與恐怖襲擊，我們在驚濤駭浪中依偎著，藉著皮膚相觸的一點暖意，抵禦人世的荒涼，互為對方的母親，互為對方的女兒。

痛楚還存在，傷口已然癒合。不知不覺過了十三載，我也當了十三年雙性戀，但我沒有像異性戀時期，去學著怎麼當一個雙性戀，我所跨進的新世界沒有規範可循，我只憑藉直覺摸索。

湖很高興，我在外頭從不避諱與她的戀人關係，總是牽挽著她的手，叫喚她的暱稱，我想是因為我死過一回，外界的眼光已經無法傷害我。湖把我介紹給她的父母家人阿公阿嬤，卻是以她的室友的名義。他們像一般疼愛同性戀孩子的台灣家長，心照不宣地友善對待我。對比一般已婚異性戀女性承受社會與家庭層層盤剝，日常生活中，我只須和湖商量協調我們的生活方式，不受繁瑣習俗羈絆，沒有過多的家務與情感勞動，我近乎得到我渴求的自由了。

然而湖的家族網絡沒有編寫進我的名字，我像一隻麻雀，繞著這個情感紐帶緊密的家族外圍撲飛，啄取他們的回憶碎屑。我能背出湖的阿嬤十個手足的名字，比湖的表弟妹更熟悉親戚間流傳的軼事，但我始終是個外人，岔開兩腳跨在界限內外，構成一個矛盾的姿勢，乍看之下隨時可以拔腿逃離，實際上要維持這種形態，需要貫徹意志到底，不豔羨周遭異性戀小家庭獲得的資源挹注，也不因被排逐主流論述外而軟弱。

依循同性戀衣櫃的隱喻，雙性戀常被比喻成櫃中櫃。近幾年認識一群女同志朋友後，我發現我的性認同脈絡的確和多數女同性戀不同，我不曾經歷青春期痛苦的自我質疑與情殤，與湖相戀後才切身感受到異性戀霸權無處不在的歧視，但我沒有把性傾向鎖進重重櫃中，將自己套疊成俄羅斯娃娃。借用異性戀傳統男女角色的T婆伴侶模式發展多年後，在女同志群體樹冠層，各色認同早已如繁花細密紛披，花葉有其間隙，空氣卻是流動的。我不需要擺出「雙性戀不分偏婆」的姿態區隔自己，我只是我。

我曾想過，或許人在生命初始都是雙性戀，什麼性別愛著嬰孩，嬰孩也就回應以愛。在異性戀或同性戀中，多數人不想或不能跨越身體的限制，但也有像我這樣的人，踰越觸碰欲望其他可能性，並感到快樂。憂鬱症曾讓我淪為語言上的賤民，恐懼他人質疑我的感受，甚至羞於使用第一人稱，彷彿我的存在是一種恥辱，但湖與我的愛情開闊了我的視野。在他人眼中逸出常軌的生活裡，我是被愛，被接受的，有資格做一個發聲的主體。

過去與阿遇戀愛期間，被父權宰制消音的語言，重新回到我的喉嚨。我寫下禁忌的童年，對父親的愛憎糾結，羞恥的生命史。我回憶起鏡曾告訴我，關於法語voler偷竊／飛翔的雙重涵義，我似乎已偷取到了文字，並且飛過時間的曠野，俯瞰過去渺小而惶恐的我。起初是我和她，我和他，兩個人生成一頭自我毀滅的獸，盲目奔向燃燒的血太陽。

然後是我自己，一個不斷裂解又殖生意義的雙，撫過湖眼角細紋，牽著她依然溫暖堅定的手走著，背後拖著兩條影子，時而分開，時而合 。

女裝女肉

我穿女裝，我的伴侶也穿女裝。

兩人身高相仿，同行多年一路發胖，照理說有許多衣服可以互穿，但贅肉囤積的位置不一致，我套不進她的牛仔褲，她塞不下我的上衣，意外倒更適合未相識時的幾件舊時衣。她獨愛我國中時期的奶油綠橘菱格寬毛衣，下襬正好遮住肚腩；我罩一件她研究所畢業時的黑緞西服外套，去參加喜宴，她略帶妒意打量，嫌我穿起來比她有英氣。我捏捏她腮幫子。娃娃臉才好呢，不管到任何地方，都有小孩莫名朝她笑，當她是同類。

參加同志遊行，腳上套的是一樣的彩虹條紋短襪，但她起的毛球比我多，因為腳步重。另一次遊行，我們沒有白T恤，網購了兩件，她膝蓋受傷還沒好全，還是堅持要去，我只得陪她。當晚擠在人群，熱汗淋漓，T恤透出一條條肉色。我有感而發，白色涵容但也消泯了我們的彩虹身分，她卻以為無論顏色象徵為何，匯聚公民抗爭聲音不可少了她的喉嚨。我回嘴說，你改掉把T恤領口咬成一圈鋸齒的口腔期習慣就好。

我為她整理過無數次衣服，出門前總要幫她塞妥口袋內襯，摺平豎起的襯衫領子，直到去年兩度替她換上手術衣，繫背後帶子，才驚覺時間與病痛對肉體的摧殘。女裝女肉是性別的，政治的，群眾前驕傲的認同展演，也是愛情裡，人生途上，伶仃的微熱依偎。

眾女神

每個女人都曾在心中的神龕，供奉一尊女神。

不是現在在媒體上無性繁衍般氾濫的放大片嘟嘴露乳女神。與其稱她們是女神，不如說是企圖在父權社會藉由情色資本來拉抬自己，實際上被當成廉價意淫對象的免洗圖檔女孩，一抓一大把。

真正的女神，只存在女人回憶深處。

她可能是中學操場上殺出一個漂亮的球，夕陽餘暉中髮梢躍動如淡金柳絲的排球隊少女，或是隔壁班據說放學後會套上緊窄齊臀裙，棕褐長腿翹得半天高，坦蕩昂起雙乳，一身豔骨畢露的檳榔西施。當然，她也可能是大學時，側臉映在玻璃窗樹影上，輪廓鮮脆爽淨的年輕女教授。女神挾裹著回憶的光暈，一想到她就睜不開眼，只感覺肌膚蒸霞般泛起溫度。是女神讓女孩成為女人，成為一個懂得女子之美的女同性戀。

我生命中最早一位女神，是小學二年級課輔教室的同學。她並不美，只是在一群鄉下小孩裡五官細緻一些，白一些。我記得，某個晴朗的下午，老師讓我們玩捉迷藏，大家都很興奮。我躲在櫥櫃後，看她四肢著地，兩眼閃著光，長馬尾拖到木質地板上，掃過我的腳踝，一溜煙鑽到幾個東橫西倒的紙箱間。

她兩條腿挪動那一瞬間掀開了裙襬，閃過的純白寸隙上，一個兩頰紅撲撲的小女孩咧開嘴笑。發現女神穿著和我一樣的內褲，我非常滿足。

當時你在做什麼？

我和女友是同一所大學同一科系的前後校友，在學校卻素不相識。工作後談戀愛，聊起過往，才發現我們不但可能在校園錯肩而過，女友還是我大一某必修科目教授的助教，改過我的報告。我想像她當時皺著眉，嘆口氣在報告上隨手塗個分數的模樣，就忍不住想笑。她絕對想不到，日後會和報告的主人同擠一張床，被使喚去買雞排珍奶，逐漸成為對方生命中最重要的人。

當時你在做什麼？當戀人邂逅、親吻、擁抱，最初的激情如潮浪退去，轉而湧上深沉的愛意膏沐全身，從此身上不再只有個人的時間，還多了一重戀人的生命向度。戀人們不只想擁有未來，也渴望參與彼此的過去。她們一起往前邁步，同時回溯遺落在記憶深處的純真。

因此我們總是躺在枕頭上一問一答：你在幼稚園喜歡的小女生是什麼模樣？你有沒有偷用過母親的香水？你什麼時候第一次讀《紅樓夢》？你記得六四學運坦克輾過人體的畫面嗎？九二一地震當晚，你害不害怕？是哪個女孩，讓你流下第一滴關於愛與絕望的淚水？

一個個答案點滴般積累匯聚成河，倒流回戀人的童年與青春期，許多甜蜜與憂傷的時刻。我多想伸出手，去觸摸那個小女孩的柔軟面頰，告訴她，我在未來等你。

當時你在做什麼？多年後我才明白，彼時一步步，都走在遇見你的途上。

蕭條時代的愛情

這一年蛋糕消瘦，麵包縮水，飲料瓶身瘦身成盈盈一握。不幸的是，戀人們收入照舊。為了你快樂所以我快樂，戀人們不得不改變生活習慣。

戀人開始上傳統市場買菜，留心颱風訊息，以便搶到未漲價前的翠綠鮮脆，洗菜時總在清潔標準和用水量間猶豫。一鍋滷菜每晚熱了又熱，四天吃完滷雞腿蘿蔔豆腐，餘下滷汁澆禮拜五晚餐白飯。

洗澡水和手洗衣物的剩水全都存進大水桶，留著沖馬桶。嬌小的她提起桶子，奮力往馬桶一倒，立即退後避免水滴飛濺上身。幾年前曾香盈滿室的玫瑰薰衣草手工皂，已經很久沒出現在浴室，現在躺在肥皂盒的是南僑水晶肥皂，從頭洗到腳底。

以往每逢週末吃日本料理或上咖啡館讀書的小約會已然消失。兩人各自從父母家裡搜刮來親戚種的茶葉和咖啡豆，自己動手沖泡，捧讀《偉大城市的誕生與衰亡》和《柳橙不是唯一的水果》。買書的錢不要省，這是她們的共識。雖然有時想念生魚片的滋味，或掛念櫥窗驚鴻一瞥的靛藍花裙，她們都忍下了物欲。她們探訪過低收入家庭，知道真正的貧窮是每天都與生活搏鬥。能夠在寸土寸金的首都有地方容身已經很幸運，比起窮人的艱辛我們不過是感覺匱乏而已。她們互相安慰。

然而當她週末晚上還要家教，來回三個鐘頭疲憊得要吐；當她在電腦前工作到深夜，站起來腿一軟差點跌倒，她們不約而同想起前晚吃完飯打開電視，一堆名牌包包在螢幕上招搖，一個抵得上一年工資。按遙控器轉台，卻又聽到新聞大聲唱著一座蓋錯規格游泳池的成本，足以買斷兩人一生的體力和知識勞動。她們想起父母親的年代，只要努力就有收穫，她們也曾如此深信，長大後卻發現這世界完全不是這樣。在資本主義全球化大風吹的遊戲裡，椅子早已被坐滿。她們只能在摩肩接踵的人群裡，惶惶然原地轉圈，放眼望去盡是沮喪的面容，看不到未來。

蕭條時代夜裡，一對對戀人赤裸身體撫摸彼此，低聲呢喃我只剩下你了，請別離開我。從殘酷土壤綻放的愛情，美麗邊緣是斑斑萎黃的憂傷。

輯三

記憶迴路

必然的起始

出生即是遺棄，遺棄之後便是漫長的羞恥和屈辱，自從我們知道什麼是自己。寄出的信息沒有回音，永遠在等待等待本身，這不是預言。一個眼神，一個姿態，白晝的光，廣播中的歡快音樂，都是傷害。

過分巨大的鐘，卑微至極的，孤身一人。車站，塑膠模特兒般，俊美的火車售票員，沒有下半身。因為帶菌、因為毛茸茸，因為頸骨手一扭就能扭斷，藏匿是最終的必然。必然該藏匿起來，因為忐忑、因為浮腫，因為水從嘴角流出，所以身軀僵直摔

跌，所以拖曳沉甸膀胱夢遊，所以口腔酵臭四溢。白色官僚足下，唾沫憐憫地沾附著

我，一如舌芯從不背離齒齦。

說過的故事已點滴流失，只餘斷肢的幻痛。

我睏了。肥皂的香味，那茉莉。

羞恥

放映機倒轉著，沙沙雜音中，人成為時間，而時間陷入支離混亂的情態。

關於金錢的回憶，張愛玲提到那段凝固為龐貝城的時間：「我不能夠忘記小時候怎樣向父親要錢去付鋼琴教師的薪水。我立在煙鋪跟前，許久，許久，得不到回答。」這段拉長的沉默一點一點冷卻後，某種程度上形塑了她對中產階級生活的態度：既憎厭又眷戀。

關於金錢的回憶，難堪到只能遺忘，卻難以忘記。我曾在麵包店特價拍賣時，擠在瘋狂人群裡拋出十元硬幣，店員扔給我一個麵包。在寒冷骯髒的街頭，我大口吞嚥，兩三口就吃得精光，揩掉嘴角的麵包屑，滿足又有些羞慚，因為心裡沒有湧生足夠分量的恥辱感，當時不知道，往後還有很多機會體會這種感覺。

中產階級生活，是走進咖啡店控制聲音不顫抖地點一塊蛋糕和一杯拿鐵？或是滂沱大雨中能叫得起一部計程車乾爽安坐，不用撐傘等四十分鐘公車困在黏膩汗臭肉體堆中直到被丟到馬路上？或是假裝物質環境就像包裹身體的彈性薄膜那樣合身俐落？由經驗學得的是，錢能買到尊嚴，錢能買到自由，錢能買到青春，但多數時刻我們是賣家而非買家，而且是血流成河的消耗。

張子靜《我的姐姐張愛玲》引胡蘭成語，提到張愛玲在給他的訣別信中附了三十萬元，她寫劇本賺的錢。胡書中談及張的文字，以女子角度看來，多數是謊言，唯有這裡我覺得很真實，她愛人的方式。

1

直到世界末日

Until the end of the world
Haven't seen you in quite a while
I was down the hold just passing time
Last time we met was a low-lit room
We were as close together as a bride and groom
We ate the food, we drank the wine
Everybody having a good time

Except you
You were talking about the end of the world

十多年前聽U2的Until the end of the world，還是在溫德斯電影配樂的卡帶裡，當時沒有看過這部電影。吉他風馳電掣，遠方天際銀灰巨雲翻騰，滯重肉體在速度中飛逝，汗珠蒸散成追逐的快感。年輕臂膀舉起，敞開腋窩，面對整個世界，迎風略略畏怯地冒出溼涼疙瘩。但她沒有懷疑，未來將與某人並肩狂飆，令人暈眩地欺盜時間，直到世界末日。

十年高速風暴襲捲而過，她仍待在原地，像一具被颶風颳得兜轉的人形模特兒，下身固著在不鏽鋼底座上，膠凍嘴唇無聲開啟，失去了言語能力。曾有一陣子她也努力模仿一種腔調，換個環境又要學習另一種，自覺像個蹩腳配音員或輾轉流離於各個工作間的難民。夜晚學童生澀的直笛練習，下午趔趄跌撞的鋼琴曲，早晨抖擻的電鑽聲，穿透公寓牢籠，他人生活成為沉悶囚居的配樂。

夜半無聲時，嗅著頭皮親切的油脂味，往日風景如封在玻璃內的水銀流滅不明，一切都有些模糊，有些混沌，而想到十年前那首歌後半段歌詞，她忽然再分不清，那是凡人吟誦的禱詞，還是上帝胡亂哼唱的醉語。

In my dream I was drowning my sorrows
But my sorrows they learned to swim
Surrounding me, going down on me
Spilling over the brim
Waves of regret, waves of joy
I reached out for the one I tried to destroy
You, you said you'd wait
'Til the end of the world.

濱崎步時光

許久以前曾住過距市中心甚遠的地方，一個人。

那時每日通勤。我曾在一排公車站牌上，看到有某線公車直達學校，但那一輛神祕公車始終存在於傳說中，未曾現身，所以多數早晨的動線都是搭公車轉捷運南勢角線，再轉新店線，當中每個環節都包含了超載、塞車、紅燈、原文書等元素，演繹成一道消耗巨大能量的方程式。

早晨的公車車次似乎還是比較多。到了傍晚回家時，頂溪捷運站附近，公車站前便

堆棧著一簇簇學生和上班族，散發著白日累積的汗酸和疲憊，忍受汽機車廢氣，殷殷翹首盼望。我總是偷偷望著各色形狀模糊的臉孔，猜測其中有多少人今晚會因考試落榜或被解僱而自殺，但在回家上吊或吞藥前，他們還得等待公車到來。也有些人漠然木立如印度苦行僧，彷彿解不解脫都無所謂。

我所轉乘的公車同一號碼有兩條路線，紅線經過我居住的邊境荒漠，綠線會在中途轉入另一條岔路。由於多數人搭乘綠線，紅線車次只有綠線五分之一左右，而且最後一班車晚上九點便早早出發。有幾次，在久候紅線公車不至後，當綠線公車停靠，打開車門湧入人群的瞬間，我不禁跟著蜂擁而上的眾人背後上車，彎腰搶個空位坐下，喘口氣，放鬆，妄想或許等會能在綠線沿途某一站下車，然後在附近繞繞，尋找經過住處的公車路線站牌。但這幻想從未實現，每次我總是眼睜睜看著自己被運送到綠線最後一站，一處偏僻的公車維修廠。

我還記得彼時那個被扔出車外，如一縷遊魂，在無人的街頭瘋狂搜索公車站牌，最後精疲力竭，抱著精裝原文書坐在路邊石墩上的女孩。有些路人會向我拋來怪異眼神，隨即匆匆離開，彷彿無意中窺見有人在搬運屍體。有一次我向一名修車行工人問路，他好心騎機車載我到公車站。坐在機車上，迎面冷風潑濺上臉，誘惑我伸出雙手，從後方蒙住騎士眼睛，徹底毀壞眼中所見的風景：那寬闊的馬路、路旁的廢棄空屋、玻璃被砸破的路燈，一切都導向一場沒有人證的犯罪……

最後我沒有將念頭付諸行動，那工人是個仁慈的人。

那一年因長時期的孤獨顯得特別漫長，回憶起來卻又異常短暫，除去通勤時間，其餘生活幾乎都在學校和電視前度過，整天整晚開著日本台，空曠的房子裡似乎充滿了濱崎步——她是當時最紅的偶像。她的瓷白臉、捲睫毛、金棕捲髮、瑩亮嘴唇和炫彩指甲，如劇場幽靈般漂浮在空中，緩慢兜轉，陪我度過大段大段空白時光。

近年在網路上看到濱崎步感染性病的謠言，讓我又想起那段歲月，那回不了家的恐懼、電視投射在粉白牆壁上的躍動光影、自戕的欲望。這幾年似乎在濱崎步胯間輪轉了一圈，過去仍持續化膿，而癒合之日遙遙無期。

熊人

據說在中國，不那麼久以前，弄熊人會擄人，將之罩上一層熊皮，密密縫合人膚與熊皮，待傷口痊癒，那人便成了熊，在指令下耍弄各種把戲，頂球，騎獨輪車，拋接藤圈。

憂鬱症便是那層熊皮，沉重的第三人稱，壅塞腦內，占據整副軀殼。

那女子，我眼見她多年前外出打工時，彷彿全身骨架都用絲線歪斜提拉起來，我感覺到她和人交談時的惶恐，笑起來嘴角痠重。夜裡她躺在鋪在租處地板的竹蓆，無數念頭亂竄，如一隻隻觸手，翻攪吮吸黏膩腦髓。她想抬起手敲打頭，但手臂僵直橫在一旁，無法動彈。疾病將內在巨大的狂亂封口，任其在真空內騷動。

她睜著眼到天亮，沒有淚。

我目睹那男孩撫摸女子後腦，溫柔純真如幼鹿，寬慰她會好起來。她如果選擇信他，棲息在他懷裡，便可暫時寧靜下來。但她無法信他，他說的話裡布滿裂隙，像一隻隻狹長的眼瞪著她。

她無法克制自己頻頻追問男孩與旁的女人的曖昧，放低身段懷柔他，誘使他坦承。他被煩得受不了，拋給她凌亂不堪的情事殘片後，又軟語安撫她，要她忘了一切，只要相信他如今愛的是她。男孩是最拙劣也最高明的弄熊人。

女子徹底失去了現實感。她分不清男孩敘述過的事情真假。她試著聽從男孩，柔馴躺在他身邊。腦裡有個聲音響起：這一切都不對。言語裡可疑的細節爬過腦際，她翻過身開口追問。男孩大怒。他指責她不夠愛他，才會不相信，不原宥。喏，你身上可有傷口？你天生就是熊，不是人。女子嘴唇膠黏，亟欲吐露聲音，但不成形的字句在密閉口腔中迴盪。「我……」她伸出手，意欲碰觸遺失已久的第一人稱，卻赫然看見手背厚密粗糙的黑毛，鉤爪鋒利如刃。她又縮回溫暖的熊皮裡。儘管她感覺身上殘存著被刺穿拉扯貼合異物的痛楚，皮囊裡有令人安心的氣味，有男孩的許諾，許諾只要她放棄思考，便不會再痛苦。

有那麼一天，她因工作所需，到深山原住民部落採訪。攝影師早已想跳槽了，不過藉採訪積累個人作品，貪婪獵取當地人的影像。一張張好奇的臉龐望向她，索求解釋，她笑著重複了一遍一遍，最後語言扭曲了嘴唇，臉部肌肉失去控制，痙攣著流淚。她累了。她是一頭表演失準的熊，再鞭撻也變不出新把戲。

但不能在部落，不能連累別人。初冬，山間簡陋民宿的棉被有髮油味，她把所有衣物都裹在身上，仍阻止不了寒意入侵。她計算著下山後得搭兩趟客運，再坐火車到台北，轉乘捷運公車返回租屋處，才能執行計畫。她嗅聞著被褥潮溼的霉味，等待天亮。

火車一如往常誤點。痛苦反覆刻劃過她柔軟的腦皮質，隨著車身顫動鑿出深深溝紋。她靠著車窗，堅硬的鐵框撞擊著太陽穴，但不夠痛，不夠痛到足以讓她從悶蒸的凝鬱分神，哪怕只是逃離一秒。時間被拔出意識，拉得極薄極長，如泛紅充血的舌頭。她像被捆綁起來懸在半空，毫無逃生的可能。

回到租處，她摸出安眠藥時還有點暈眩，給自己弄了微溫的水。一次只能吞一顆藥，每次都要壓下喉頭湧升的嘔吐感，停一停，從錫箔再剝出一顆圓錠。不知吃了多少顆下肚，她開始昏沉，打手機給男孩。男孩的聲音在耳邊絮聒，她彷彿答應了什麼，然後便睡著了。這一年多，她頭一次能好好入睡。

接下來發生在她身上的事，她完全不復記憶。我望著她毛茸茸的胖大身形，笨重蹣跚地走進河水，彎腰把熊爪插在爛泥裡耙抓。她在尋找熊皮與皮膚的接縫，她以為她的第一人稱藏身在微小罅隙，找到縫線扯裂血肉，就能釋放出過去的自己。然而我不在那裡。我能感知她所有痛楚，但她無法搔抓觸碰到我，我消失在熊皮吸納了所有光線的黑色裡，泯然無蹤。我就是她的疾病。

睜開眼睛，女子看到男孩。她吃力地望著他的瞳孔，光滑瞳膜上一張蓬鬆醜惡的熊臉，怯懦的鼻孔微微翕張。她已經洗完胃。

她沒能摧毀這副身軀，她只離開了他。自戕的念頭仍時時親吻她，從雙唇間吹氣，
她卻依然活著。
並繼續尋覓我的下落。

補遺四帖

之一——孰非孤獨

一種氣息，一個口音，都是觸動逝者回憶的引信。

聽莫文蔚〈完美孤獨〉，空曠裡的呢喃，歌詞走到「愛情有一本帳簿／從盈到虧我早已爛熟」，卻有些意外。她把熟字發音成孰，不知是港人一般這麼說普通話，還是為了中國市場？總之我想起了父親。

父親總是把熟念成孰，聽上去很異樣，可能是從他的外省同僚長官學來的。和小孩提到成熟，大約是語重心長的，因為他老大不小才生孩子，但對孩子而言，聽不常在家的父親這麼說，不免反感，覺得被催逼著早早擔起責任。賺錢養家，難道不是父親分內的事嗎？為什麼他要提早放棄穩定的軍職薪水，回山上種田，又拿經濟的焦慮恐嚇孩子？刻意捲舌的熟讓人想起古代的禾稼，「四海無閒田，農夫猶餓死。」之類的原始恐懼。那時確實非常不明白，為何他想回歸那古老的，代代飽受壓迫的卑微階級。

現在，我稍微能明白他個性中的執拗，農家養出的，對土地根深柢固的迷信，也像一般長大成人的兒女一樣，憐憫他至死不渝而得不到回報的愛，對消逝的傳統，對走樣的黨國。憐憫之外還有恨，從小冷眼旁觀流過身旁，這樣洶湧的愛，多少傷害了我們這些得不到足夠的愛的孩子。我們在父親愛的流域邊陲，舔舐著細小的水流，眼見它愈來愈小，最後流回他燈盡油枯的身軀。

只是在KTV唱歌時，唱到爛熟兩字，我也同父親一樣，勉力收縮了口唇，發「孰」。

假若生命也有一本帳簿，父親一生始終虧蝕慘重，先是為了父母兄弟，許多朋友，還有他所熱愛的黨。奇怪的是，作為違逆他最厲害的孩子，我的生命軌跡卻和他如此相像，亦是一本爛帳，彷彿關於孤獨，父親與我，兩個在大世界跌跌撞撞，卻又不願變通的頑愚之徒，與生爛熟於心。

之二——花事

在花盆裡埋下朝顏種子時，覆了薄薄一層土。潔白新芽竄出，彷彿女陰幽澗獨生一根指頭，指點天光。

陽台另一端，蔦蘿頂端兩片初生葉夾在破裂種殼裡，顏色像紅蔥粗糙微皺，過幾天顏色深沉成暗青紫，葉面才轉為潤滑。書上說種殼會自動掉落，但我忍不住伸手剝掉，一扯連帶撕下一截嫩葉，破了相。有時種殼掉了，兩片葉仍沾黏著，我喜歡小心翼翼用指尖從一端剝離，舒展一對眉心相連的弦月。

夜裡我在枯萎的甜薰衣草下放盛水底盤，隔天底盤的水全被吸乾，連水漬都沒有，疑心半夜把自己埋進了盆土裡。

第一次扦插九層塔成功，葉片全轉向窗戶，像朵半合的小青蓮花。晴朗乾燥的日子，植栽葉背紅蜘蛛特別多，除非湊近觀察，否則還以為是微塵，在鼻息吹拂下，靜滯生命活了過來，蠕蠕亂竄。起初我深惡痛絕，一發現牠們的蹤跡就猛拔葉片，堅壁清野的結果是植物因無法行光合作用而凋萎，以後便只用水勤洗葉子。

一直記得父親種的一盆盆，銀灰花邊般的團團細葉，彷彿霧浮在綠松石色大花盆上，閩南語發音類似「松茸」，離家到外地後，久尋不得。後來發現其實不是什麼珍稀品種，花市裡堆雲般一簇簇，原來叫「芙蓉」，正式名字是「蘄艾」。

黑甜朦朧的香氣，屬於幼年回憶。父親退役後，在配給的宿舍前院種了滿園植物。變葉木在小孩眼裡很高，太陽點燃後，豔紅混橘綠的火焰在頭上燒。美人蕉是藏在大張綠葉裡的金鯉魚，地上滿滿紫花酢漿草，三瓣心形葉迤邐而去，綿延到石牆腳。

搖曳綠蔭下，我們幾個孩子當作在森林邊遊戲，像紅樓夢大觀園為眾閨秀分配院落亭閣，拿石棉瓦為我們心愛的塑膠動物，砌築夢想中的樓苑，傍晚拍落手掌泥塵，進屋吃飯。我一直納悶，為何白天聞不到夜來香傳說中濃烈香氣，長大之後才知道精油白晝會因陽光蒸發，夜晚才是花氣襲人的時刻，甜而細的一縷，揉碎清涼。

如今在異鄉，父親乾萎龜裂的手，似乎仍覆在我手背上，延續著花事。

之三——說話

以前寫作文，刪節號常被老師劃去，說是多餘，工作後撰文很自覺少用，但平常寫的小說和散文裡，還是讓句子拖著一條珠鍊，因為比較接近想像情境中人們說話的語氣，靜默中幽幽發聲，餘音嫋嫋，如薄棉布上的水痕，消失其實是滲透。

福佬人說話沒有外省人響脆，音調較低，拖拉著語尾助詞。電視上講福佬話的人個個都是急性子大嗓門，但鄉下常有一種個性較嚴謹緘默的人，特別是山裡人，習慣安靜，又不善言辭，話少，說話慢，永遠是一句。清晨的濃霧，溼涼灌進嘴裡，一蓬蓬白煙冒出歌吟般的叫喚：「宏啊——麗啊——玉仔——遠仔——」這裡破折號不同於許多都市小說中語鋒被急急截斷的「但是——」比較像繾綣聚化的漫天濃霧，日出即散，四季恆在。

現在鄉下似乎愈來愈少人這樣說話了，或許磚厝裡還有，日光悠悠移轉的陰影下，偶爾。

之四——前兆不會是瘋狂

家裡兩間書房都聽得到施工聲，每天起來吃完早餐，押寶選一處，妄想當日少點噪音，結果是不管哪一間都能聽到兩處聲音，一個尖銳如電流滋滋冒竄火花，一個如秋天打在落葉上的沙沙雨聲。女友說，選擇住都市的人，沒有害怕噪音的權利，聽了也只能苦笑。

週末一早又被指揮搬家的女聲吵起，重物砰砰砰撞擊地面。我像瘋子般在客廳走來走去，大罵新鄰居沒教養，女友看不過去，說其實她之前好好跟主人講，他們也就很客氣地把門關上。我心裡冒出譏刺的聲音：要人投訴了才關門，那麼之前門戶大開是想分散噪音給整棟樓嗎？然後出自暢銷書人生金句或實習心理醫師天真得一派糊塗的良善言語隨即觸動記憶，瞬間分泌出些許羞恥感，我頓了一下，也就不再抱怨了。

事後一琢磨，我的忖度似乎也並非毫無道理，畢竟沒人知道隔鄰男女主人的心思，於是我又理直氣壯憂心起明日的噪音。這裡或那裡，今天可否什麼都不選，只是安靜地，喝一杯水？

銀生命

精神病藥物和其他西藥外表沒什麼分別。粉橘長圓膠囊、鈕釦大小的暗紫圓錠、圓形白色安眠藥，和小指甲一半大的小粉紅橄欖，讓人想起小時候有種零食，是裝在透明長管裡五顏六色的扁圓糖豆，當時同學流行把長管倒過來，啪地拍出一顆在掌心，拋進嘴裡。現在吃藥，也是啵一聲擠破錫箔，再撥開取出，味道微甜，彷彿真的在吃糖。

看病拿藥卻不是那麼愉快。坐車穿越大半個台北後，還得在候診室等待排號。病患齊聚一堂，幢幢影影的病魔，在密閉空間凝結成沉重低氣壓。電視高懸牆上，播放著

宗教台或醫院自製的心理健康節目，聲道被關閉了，剩主持人嘴巴無聲開合，有的病人直盯著螢幕，有的蜷在椅子上喃喃自語，身體機械地搖擺，置身其中，感覺像病畜集體焚化場。

等到跑馬燈叮咚出預約號碼，我總是如蒙大赦，抓緊時間閃進診間。醫生通常很和善，但他也只是資本主義運作中處理社會廢五金的職工，而且不是磨銼拋光一番就能修好，他所能做的僅止於微笑著問候近況，最後仍是開了一樣的藥，叮嚀要按時服用。

出醫院時多半天色已暗。上山是邊喘邊跑，下山卻顫顛顛地，每一步腳掌都得抓緊陡坡，密密銜接下去。中途有個墓園，凹進一個黑窟窿，我不害怕，只快步走過，避免被開上山的車撞到。到了山腰，放眼望去，公園樹影捲起漆黑波濤，白色水泡微微發亮，不遠處，城市最高的建築露出半截暗青，插入黝紫雲層，一切彷彿近在咫尺，伸手就能捧起亮晶晶的盆地，只屬於我——於是腳一碰觸平地，便輕快了。

睡前和水吞下膠囊和兩顆安眠藥。由於吃太多年，每晚我都懷疑它是否有效。然而隔天早上，總會發現前晚剝下的錫箔碎屑，還在那裡。

後玻璃時代

小學自然科考到物體三態，常出一道選擇題：玻璃是(1)固體(2)液體(3)氣體，多數學生都飛快選了(1)。自然老師公布答案時，望著一張張訝異的小臉，說玻璃雖然冷而硬，卻是流動得很慢的液體。他指著教室的玻璃窗，叫我們湊近觀察。我的母校有百年歷史，校舍相當老舊，老去的玻璃落下一道道淚痕。看我們懾於時間的威力，露出一臉敬畏，老師方才滿意地笑了。

長大後我才知道，也有人將玻璃定義為熔融液體在過冷固化後，沒有形成結晶的固體，至於所謂玻璃的淚痕，究竟是玻璃流動的跡象，抑或工藝不精的結果，則眾說紛紜。我深深著迷於玻璃的曖昧性質，它冷卻後能定形，分子排列方式卻接近液體，讓我想起像我這樣長期進出醫院的憂鬱症病患，經歷精神熾熱灼燒後，倚賴著藥物或諮商治療逐漸降溫，但在平靜的外表下，內心恆常騷動著，永遠只是趨近穩定，而非真正穩定。我稱這是我的「後玻璃時代」。

在漫長的冷卻過程中，憂鬱症已不是一個外來附體的邪靈，它像添加在玻璃原料矽砂裡的金屬，加入鈷就燒出藍色，加入銅的氧化物便燒出青綠，融解在內裡，成為我的一部分。我認同自己是憂鬱症病人，能辨認出憂鬱症在病人臉上蝕刻出的樣貌，熟悉病人彷彿裹著一層帶電絨毛，微微顫抖的嗓音。玻璃透出黯沉黑紫，疾病的顏色遍染我的世界。

憂鬱症宛如戀愛，宛如災殤，宛如至親的死亡，發生的當下煙塵轟鳴，過後才能憑藉痛楚定義。大學倒數第二年，我搬到離學校一個多小時車程的土城，每天通勤必然塞車，下班尖峰時刻有時甚至浪費三個鐘頭堵在中永和馬路上。我常望著窗外，車燈如鑽石壅塞成閃爍川流，但公車行駛到我下車的地點，往往只剩我一人，踏進空曠的黑暗。我不知道日復一日的孤獨是憂鬱的引信之一，只覺得腳下寸土彷彿被抽開，一身痠疼肌肉懸浮在半空往下沉，將我拖曳進深不見底的虛無。

我記得是在通勤時，遇見那個女人。那天我從公車後門一上車，就瞥見護欄後有一個空位，如獲珍寶般旋身坐下，無暇思索在放學學生肉貼肉擠滿走道的公車裡，為什麼會空出一個位置。轉過頭我一愣，鄰座一位中年女子咧著嘴，對著前方痴笑，玫瑰紅洋裝領口外的胸脯沁出點點汗滴，手裡攥著一個老式珠繡包，一手插進包包開口，塗滿口紅的嘴唇輕聲說著：「殺……殺……殺了你……」我再回過頭，全車學生擠在我們一肩之外，眼睛像密密麻麻的監視鏡頭，緊盯著女人一舉一動，像注視一顆未爆彈。

起初我只敢用眼角餘光覷看著女人，隱約看到她插在珠繡包的指間泛著金屬光澤，過了半晌，我認出刀柄與一小截刀身，那是一把刀子。我感到有些暈眩，又忍不住想笑。亮堂堂的白天，在台北公車上，一個穿著豔麗的瘋女人拿著刀子，就坐在我身邊，與我一起隨著公車顛簸。馬奎斯小說裡的魔幻場景猝不及防閃進我的生活，彷彿是我內心的孤獨，召喚出可以反覆說嘴一生的奇譚。

女人握住刀柄的手指很穩定，我索性放膽觀察她。她一直小幅度搖晃著上身，黑眼睛凝視著前方，嘴裡顛來倒去唸著：「殺……殺……」嘶啞的聲嗓意外透出童稚意味，像孩童裝扮成海盜，拿劍對著想像中的敵人胡亂揮砍示威，她活在另一個世界裡，外在的喧囂沾不上身。忽然之間，我混亂的頭腦變得異常清晰，彷彿指甲刮開了銀粉，確定我要繼續坐在這個位置上。我卸下背包，往後靠向椅背，渾身肌肉鬆懈開來。

這下學生們恐懼的眼光轉向我，大概在他們眼中，敢於跟瘋子同坐的人也一樣不正常，但青少年黑晶晶的眼睛又流露出另一種欲望，似乎期待發生一些失控場面，例如同類相殘的血案，好讓他們一展英雄氣概，調劑無聊的日常。他們熱切的眼神比女人更令我不安。到了下一站，公車一停，前門湧進一波人，把中後段人群往後擠，層層逼到我跟前，內圍幾位顯然不願意與我們貼得這麼近，紛紛把書包轉到身前抵禦。我瞄了女人一眼，她仍然搖擺著身子，沉浸在自己的節奏裡。想到現在我和她在他人眼中成了「她們」，我對她生出一絲親近。

過了兩站，公車再停靠時，女人突然停止搖晃，起身繞過我和閃避不及的學生，變魔術一般跳下了車，動作靈巧得不可思議。人群還沒回過神，已經有人從前面擠來，迅速填滿空位。學生們兩眼直追著來人，眼見我對坐下的乘客沒有反應，便對我失去了興趣，轉頭跟同伴聊天。新的鄰座貌似是上班族，臉部輪廓被疲累磨損得有些模糊，冷漠的表情顯示他一切正常，就像周遭的通勤人群，都有目的地等待著他們，沒時間孤獨。越過他的頭，我目送著窗外一叢紅玫瑰急急走過街景，直到她被公車甩出視線外。

後來我有些納悶，那時怎麼不怕精神病患，堅持要坐那個位置，不久也就忘了這回事。

十多年後，我成了精神醫院的資深病患，長期服用固定的藥物，穩定過去起伏劇烈的情緒，慢慢能夠出門，模仿所謂正常人的神態，與人談笑，彷彿易筋洗髓，忘了疾病發作時深沉的絕望。我告訴自己，我笑得很好。

再度想起與我同車的持刀紅玫瑰，是在去年到精神醫院定期看診時，我在接駁車上遇見一個女孩。女孩大約介於二十後半到三十歲，微胖的臉龐沒有表情，長馬尾頂著大蝴蝶結，繡著卡通貓臉的臃腫毛衣外套下，藍長褲和磚紅娃娃鞋間露出一截蒼白小腿，一般阿嬤替小孫女挑揀的過時大齡童裝穿在她身上，有種大布娃娃僵癱的恐怖感，是候診室常見被家庭壓力擠榨至發病的年輕女性典型，只是這類病人通常都有母親陪在身旁，緊緊挽著手臂，像個溫柔的獄卒，她卻一個人來看病，一個人離開。

我在她身旁坐下，聽清了她的自言自語：「對不起……我不像哥哥那麼厲害……對不起……對不起……」她微弱的聲嗓像落雨抽泣，淹沒在車內嘈雜噪音中，但她不在意，她的語言不是說給旁人聽的，而是說給想像中傷害她的親人，與被傷害的自己，即便家人不在身邊，她仍然困在無形的肘彎裡，兀自痛苦著，外在的喧鬧無法觸及她，愛與善意也不行。

那一刻我想起多年前公車上的往事，剎那間明白了為何我不怕那個帶刀的瘋女人。

儘管當時我還沒有病識感，我已經擁有精神病患的特徵，能感受其他精神病患心理的顫動頻率，不但不畏怯他們如影隨身的黑洞，反而激起我靈魂的共振。我隱約意識到，常人眼裡潛藏著失控危險的精神病患不是他者，是我未來的同類。精神病患之所以為精神病患，在於我們能憑直覺辨認出我群，安靜吞吸著氧氣，不驚擾各自的地獄。經過十多年治療後，我終於能從憂鬱的黑洞中暫時抽身，檢視當年的自己，領悟到這原是我未曾察覺的預兆，疾病的開端。

這個自我覺知是否來得太遲？我不知道，在憂鬱症發病之前與之後幾年，我都無法把自身感官的波濤當成外物來認識，總是當徵狀過去，我才能回頭指認。在流逝的時間裡，無限的青春是癲狂，有限的人生是止水，我在有限中認知到無限，但就在指認的那一瞬間，青春已隨癲狂消褪，徒留斑斕霉綠在止水中。預兆無法阻止災厄降臨，意義永遠後延又後延，直至後玻璃時代。

但也正是人生來到後玻璃時代，我的心境才平靜到足以追溯憂鬱症的意義。倘若把憂鬱症從我生命中剝離，就像剔除矽砂裡的金屬元素，我或許會有一個一覽無遺的剔透人生，每件事都在預料之中，卻失去了有色玻璃獨具的詭豔色澤。

我回憶起很久很久以前，那個自然課上，跟著同學擠向教室玻璃窗的小女孩，她睜大眼睛，驚奇地盯著玻璃的淚痕，她會長成一個憂鬱症病人，她會成為我。無論有多少預示，我終須活著遭遇這一切，最終時間才會揭露，命運的謎底。

櫃中幽明

我的衣櫃掛著一件棉襖，和一襲改良式裙袍，原始主人都已過世。我時常在關門瞬間，想像附在衣服的幽魂冉冉升起，黑暗中彼此瞪視。

棉襖前身一排盤扣，中山領，寶藍底浮著錦字團紋，側身交接處圖樣沒對齊，下襬貼了兩個廉價薄口袋。它像我父親，是歷史斷層夾縫的尷尬產物。

我父親生長在台灣南部荒瘠山村，靠考上軍校改善家境，棉襖大概是他與同袍應酬的裝扮。黨國對他而言，是精神上全心信仰的父親。解嚴後政治掀起狂瀾，全家人看電視新聞，我一批評黨，他總是極力捍衛。我不明白。我和父親這麼相像，都是高顴骨頂起一雙憂慮的眼睛，西裝油頭的大老於他卻似乎比我更親近。

中學時我削短了頭髮，牛仔褲配藍棉襖，他皺眉望著我。我與唐裝棉襖狎暱貼合的女體，對父權道統傳承的國族神話是挑釁，也是褻瀆。

多年後他罹患癌症，癌細胞入侵腦部。母親坐在病床邊攤開報紙。看到黨的候選人縣長補選獲勝，他露出血紅牙齦。我從沒見過他笑得如此開心。

其後又過了許多年，我回家見到藍棉襖，向母親要來。那時我已北上與情人同居，情人姨婆親手設計的裙袍輾轉流落到我衣櫃裡。

裙袍是藏青色的，八分袖，後背採用洋裁手法車拉鍊，打寬褶，前身菱形領口和袖口帶點中國氣韻，紅底綠蕊白荷鑲邊卻是和風配色，以今日眼光看來是Vintage Vamp拼貼翻新的創意，透露出姨婆的混血文化背景。情人說，姨婆出身中部鄉紳世家，上中學時階級意識覺醒，成了左派少女，與帝大畢業的丈夫結褵後，兩人約定只能有一人加入共產黨，餘下一人照顧孩子。二二八屠殺期間丈夫與其他台共出奔中國，自此夫妻永別。

我看姨婆舊照，相片中水手服少女一手扶著胳臂，豐濃捲髮藏在時髦大圓帽內，眉峰高挑，黑眼珠直視前方，微彎嘴角含著對舊時代的嘲諷，對眼前新世界沒有任何畏懼。每回選舉，她總投票給勞動黨。臨老流亡海外的丈夫終於聯絡上她，她卻不願見面。她不恨他丟下家庭，只鄙夷他放棄當初的信念。她大半生執拗活在紅色烏托邦想像裡，至死都是烈性女子。

每當我穿上這兩件衣裳外出，心裡隱約有種為歷史暴力除魅的使命感，然而它們的象徵意涵，以及與台灣命運千絲萬縷的糾葛，經時間淘洗後已模糊不可辨。有時我會感到父親與姨婆，曾經位在政治光譜兩端的兩個亡靈圍裹著我，死者僵皺皮表沙沙擦過我的肌膚。

而我還是忍不住揣測，在幽閉空間裡，父親與姨婆，是否感到孤寂？我打開衣櫃，黑暗中衣袖窸窣，冰涼手指上下摸索著我眼唇額鼻。

笑的，漂亮的

認識佟妮亞時她二十歲，我十九。她拿獎學金來台灣學中文，我向她學俄文，做著用原文讀杜斯妥也夫斯基的夢。

佟妮亞和九〇年代末所有文藝青年一樣，聽電台司令，讀村上春樹，打工旅遊，但她比同齡人成熟。彼時她的家鄉剛脫離蘇聯統治不久，家裡又是單親，她從不避諱談到錢，有時賺了筆外快，兩隻綠眼興奮發亮。她又渴望看外面的廣闊世界，絞盡腦汁花極少的錢玩遍台灣。有一回她到台東過聖誕，臨時起意去綠島，騎機車環島一周後坐船返台東，搭八小時火車，一路忍著腿痠站到台北。她的青春轟轟烈烈，連汗氣都有一股醒腦的清新。

她那樣歡快獨立，引我生出依賴。從小城到台北念書，我追趕同儕程度追得辛苦，也不懂和人往來交際，常深自沮喪，和佟妮亞上課是生活中少數的愉快時刻。到她家上課時，她會下廚做「不胖餅」——一種不用油煎的麵食，說說笑笑時間過得很快，她便婉轉說她要讀書了。我走出她的公寓，在附近來回踱步，仍捨不得離開，常走進街角服飾店，試穿每一件女裝。

佟妮亞回國後，隔年我同一位友人去她的國家旅遊，佟妮亞帶我們去她從小長大的鄉鎮，曠野間孤伶伶立著一座觀景摩天輪，她熱情地邀我們去坐一圈。那座椅只是上下箍起來的兩圈鏽蝕鐵環，底下鐵環嵌個鐵十字固定。隨著摩天輪升高，我感覺頭直往北國深邃藍空裡探，兩條腿踩著鐵十字開始顫抖。驚懼中我想起雖然一邊坐著好友，一邊坐著我暗地心儀的旅伴，可是我還沒談戀愛，還沒真正生活過，要是跌死了實在太不划算。摩天輪轉得異常緩慢，然而我們終究還是落地了。

此後十年，我和佟妮亞分隔兩地，甚少聯絡。其間我經歷了戀愛與至親死亡，明白了人生得自己去過，也明白了願意教人獨立的朋友有多麼難得。

佟妮亞再度來台灣前聯絡上我，我便陪她舊地重遊。她比十多年前要瘦，還是一樣坦率，仍然體貼對待我性格中的彆扭。我們沿路尋找當年她住的公寓，熟悉的巷弄令我們驚笑連連。她笑嘆：「唉呀！我們那時候那麼年輕，又那麼漂亮！」

「現在也還是很漂亮呀！」我笑她戲劇化。

「哦咿！你看，那時候我們又年輕又漂亮，現在呢？只剩下漂亮了。」

我望著她的笑臉，綠眼閃著淚，我也笑得眼眶酸痛，笑我們兩個女孩一轉眼成了兩個女人，不過是笑的，漂亮的。

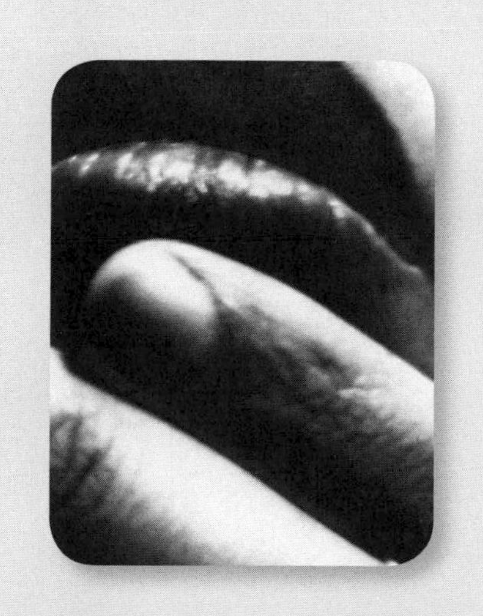

輯四

女人標本

胖女人

胖女人全身長滿泡綿般團團粉紅色的肉。她的乳房像小孩堆起的兩座龐然枕頭山，肚腹像柔軟的鴨絨被，隆脹陰阜覆滿毛髮，彷彿粗壯雙腿擠壓生產出一頭黑豹。

胖女人的家就是她的衣服，她的衣服就是她的家。她長長的臂膀伸出窗戶，橫在空中宛如虹橋，她的腿伸出門，荒野上憑空立起兩道長城。她的頭上沒有遮蔽，陽光、雨水、風，一年年下來，她的長髮纏綿著繩索粗的藤蔓長到地下，睫毛黏糊掙不開，連麻雀都把鳥喙伸進耳朵裡找食物。

有一天早上，她睜開眼睛，目光所及，一朵雛菊長在遙遠的腳趾邊。她伸長了手，想摘下花，拿到眼前欣賞，卻搆不到。她想用腳趾夾起雛菊，又怕夾扁了花朵。她低頭思索，眼睛輕輕眨動著，一塊塊塵土夾雜著樹枝碎石撲簌簌落下。

她抬起頭，直視藍得發白的天際，多年來第一次試著抬起沉重的臀部。她的肩膀撐開屋頂，泥沙瓦礫紛紛掉落，砸到身上也不覺得痛。長期平躺在地上的腿發出喀一聲，膝蓋向前彎曲，手肘往後一撞，砸裂了牆壁，整棟房子（或者說整件衣服）頓時土崩瓦解，化為廢墟。

等到煙塵稍微平息，她大手拍拍髮上身上的塵土，站起身。有生以來腳心第一次踩在泥土上，黝暗潮溼中猝生星點刺痛，遠方有鳥鳴聲。一股洪大的暖流自雙腿間瀉下，只這初潮就滋養了微生萬象。

她大步走進春天的空氣中，頭也不回。

破女人

破女人身上除了一般女子具備的開口，還常常綻開一些破洞。

從破女人有記憶開始，這些破洞就為她帶來一些困擾。小學三年級，某天她坐在教室裡，看老師在黑板上演算數學題時，前額突然流出灰白腦漿，害上一刻仍口沫橫飛的數學老師昏厥過去，勞動班長、副班長、風紀股長、學藝股長四個人才將老師抬送到保健室。至於破女人（那時應該叫破女孩），她對同學搖頭說：我沒事。

國中時，學校召集全校女生到大禮堂，讓保健老師對她們講解青春期生理知識，為了避免男生偷聽，大熱天放下所有黑絲絨窗簾，倒有宗教聚會神祕意味。途中不少學生因為中暑暈倒，也有些人看了墮胎影片後嘔吐，保健老師只好中斷演講，照顧倒下的學生。

相對於這些嬌弱的女同學，破女孩雖然汗流浹背，身體和心理都沒什麼大礙。她已經習慣在肚子破裂時把白花花的腸子塞回去，否則一旦被母親看到，母親又要叨唸，怨嘆為何生下這麼一個怪物。破女孩只是好奇，攝影師是如何捕捉住醫生用鉗子夾出胎兒的畫面；那從頭到尾在鏡頭前兩腿大開敞露血汙陰部的女孩，臉上又有怎麼樣的表情。

破女孩考上醫學院，當住院醫師時選了婦產科。父母對女兒的選擇不甚滿意。目前整形外科正熱門，皮膚科也好，不用出急診，婦產科既辛苦，現在生育率又一直下降，往後賺不了多少錢。

破女人無所謂。整日在消毒水、紗布、手術刀、女人的呻吟和嬰兒啼哭聲中兜轉，她逐漸能控制身體，不讓它突然破裂。當上主治醫師後，她已經可以一邊為病人做子宮抹片檢查，一邊忍受皮膚底下暴漲的劇痛。

被病人控告醫療疏失是始料未及的事。她望著原告席上的少女，年輕的臉皎白光潔。女孩稱她因月經不規律來醫院看診，破女人在內診前未詢問她是否有性經驗，就使用鴨嘴擴張陰道，導致處女膜破裂。

破女人對這類事向來謹慎，每次內診前都會詢問病患，偏偏那天值班護士是新人，沒有記錄問話，無法為她作證。接下來一連串審訊，原告律師問了她一大堆問題，例如她的年紀、有無結婚、其他病人對她診治態度的反應，使她感覺如身陷鏡宮，許多重疊扭曲的女人影像偏著頭，張大了嘴，卻發不出聲音，只能迷亂轉動眼珠，四處張望。她凝視著律師領帶夾上的水晶鑽，一道刺目白光墜入嘴窟，被黑暗吞噬。忽然，不由自主地，破女人的嘴從兩旁裂開，張敞開來，血淋淋往下掉，露出牙齒舌頭。

破女人在家休養了一陣子。父母不讓她看報紙電視。母親繼續怨嘆自己為何生了一個怪物，要她別再當醫生，去相親結婚。

破女人無所謂。現在她的嘴角動不動就裂開。她有時會從臉頰裂縫將手指伸進口腔，摸摸牙齒和舌頭，就像以前為病人觸診。舌頭軟蠕蠕，牙齒是硬的。

瘦女人

瘦女人已無法形容為瘦。她的身軀直條條掛著細瘦四肢，一道道肋骨像荒田溝壑，乳房如老婦賭氣癟嘴，嘟囔著兩顆乾皺酸梅，垂墜在肚臍上方，臉色枯槁，體毛稀疏。

瘦女人住在一個透明空玻璃瓶裡，上方蓋著瓶蓋，不知道到底有沒有旋緊，反正無論如何伸長手都碰不到。她靜靜坐在瓶底，手指抓搔大腿皮膚，呼喘出的溼氣凝結成白霧，覆上瓶壁薄薄一層白，時遷日移沁出點點霉綠。透過斑駁玻璃，她可以看見一些陌生眼神奇異望著她，彷彿她是昆蟲箱裡一隻竹節蟲。被看久了，偶爾她也會摳摳腳底板、拔一撮腋毛、無緣無故張大嘴，讓口水沿著發炎的嘴角滴下，看到觀眾憎惡的眼神，她就吃吃笑起來。

不知何時開始，瓶底聚積了些淡黃液體，人們發現那是尿液，露出作嘔的臉色遠遠避開，但不一會又聚攏在玻璃瓶周圍，饒富興味地指指點點。時間一長，人們失去了興趣，紛紛散去，照常上班、買東西、打孩子，只留下瘦女人獨自在玻璃瓶裡。

日復一日，涓涓細流從瘦女人雙腿間流出，成為慣常的風景。直到有一天，在眾人驚呼聲中，滾滾濁流夾帶著一具軀體衝開瓶蓋。

已經無法稱她為瘦女人了。水中浸泡多日的浮腫肉體膨脹了不只一倍，像一堆凝凍的骯髒泡沫，每當水流沖刷過，慘白肉堆便顫巍巍搖晃。頭髮脫落了許多，只剩一團髮簇附在頭頂，徐徐飄搖。看到這幕景象，眾人爭相走避，並不想確認女人死活，反正最遲明天清晨，清潔隊員應該就會把這一地狼藉清理乾淨。

天還沒亮，人們猶然在睡夢中，就被轟然灌入屋子的大水驚醒，但多數人只醒了幾秒，便被湧進鼻腔的濃黃尿液溺斃。少數會游泳的人忍住腥臊味引發的嘔吐衝動，胡亂摸索著，想搶救家人和財物，另一波大浪擊垮了牆，瞬間所有人畜房舍家具都淹沒在濁黃世界。

女人，也就是之前的瘦女人，她腫脹的身軀漂浮在水面上，像一尾半透明的蠶。她興致勃勃地看著水裡大大小小漂流過的物體：橡木書桌、水晶吊燈、困在鐵絲籠裡的死豬、泥汙的絲絨簾幕、鋼琴、皮沙發、三尺高的聖誕樹、保險箱、鍍金馬桶、地球儀、跌碎半顆頭的櫥窗模特兒、冰箱、電視機、瓦斯爐、電話、洗衣機、空無一人的電車，市政府前的大圓鐘，指針仍滴滴答答走著……以往她總是隔著一層玻璃看世界，如今可以輕鬆看個夠。

除了物品外，水裡還有數不清的人，死的，活的。許多人張大口，奮力划水，但一個浪頭襲來就消失。也有人想游到唯一沒被沖倒的建築，也就是教堂的高塔上，引來眾多追隨者跟在身後，爭先攀上塔尖，推擠拉扯一個個跌下水，只剩唯一的倖存者，俐落地用皮帶把自己綁在塔身上，緊緊抱住不放。此時像雛雞剝啄蛋殼，一聲細微的破裂，整座教堂攔腰折斷，圓頂十二使徒鑲嵌壁畫震裂成數大塊墜入水中，激起滔天巨浪，男女老幼啼哭咆哮，彷彿末日降臨。女人眼前濺上水珠，溼淋淋蒙上霧團，什麼也看不清。遠處傳來一聲淒厲的嘶嚎，她勉強舉起手，揉揉眼睛，原來是教堂高塔上十字架雕花尖端墜落，刺穿了一人肚腹，偏偏他被皮帶緊緊捆著，只能像蜘蛛般狂亂揮舞手腳。她看著那人肚子傷口流出紅紅白白的東西，夾雜著墨綠暗赭，被洪水捲走，然後叫聲漸低，四肢癱軟垂下，不再動彈。

啪地一聲，十字架折斷，順便插進水裡一具浮屍的腦袋。

她笑了，她一生從未見識過如此精采的事件。

她閉上眼睛，感覺身軀愈來愈輕盈，像一艘肥大的飛行船，緩緩升上天空。

她非常快樂。

血女人

二〇一二年，全球人口突破七十億，那麼這世界上，大約有三十多億個子宮，懸垂在女人肚腹裡。

血女人躺在床上，經期時腫痛的恥骨頂著肌肉，彷彿自有其生命，無限制膨脹，直至撐破肌肉。一兩個禮拜前，一個起霧的月夜，血女人卵巢細胞進行減數分裂，孵育出一個卵泡，逐漸成長為黃體，分泌激素讓她肌膚暖熱，渴望擁抱與被擁抱，在性愛中將精子吸納入體。若黃體沒有受精，會隨子宮剝落的組織一起排出，流淌為經血。

血女人抱著身體，手臂底下的肚皮高溫灼燒著臟腑，稠密血塊堵住下體，像難以出口的怨憎，憎恨生為女體每個月承受的痛楚。她挪移了一下痠痛腰背，揣想起其他女人的子宮。

這個她從血女人腦內一角款款走來，子宮從拳頭大小脹大成瓜果，幾乎占據整個腹腔，感覺下腹隨時就要墜地，綻裂出醞釀十個月的祕密。她又是期待，又是恐懼，恐懼體內自己也無從得知的汙穢，隨著分娩暴露於世人面前。子宮抽搐起來，她捧著肚子，這器官與其所承載的內容物，取代了大腦，主宰她的命運。

另一個她出現時，一手拿著口服藥和塞劑，一手持排卵針往肚皮扎。她比任何人都仔細聆聽身體的訊息，下腹悶痛、胃脹氣、滲尿，一樣都沒遺漏，為的是期待胚胎如聖靈盈滿空虛子宮。上一次植入胚胎，驗孕盤上顯現出一道深紅，一道淡紅，她還來不及解讀新生的文本，下體怒放出深豔紅花，子宮放逐了一部分的她，化為血肉排遺。醫生說，胚胎萎縮是自然淘汰。她悲憤自問：為何獨獨她的子宮無法豐沃滋養生命？她趕緊開始下一輪療程，企圖把失去的自我找回來。

愈來愈多女人頂著鮮血淋漓的子宮現身：初潮尚未來臨的幼小子宮，性交高潮中子宮頸歡快痙攣的子宮，肌瘤纍纍的子宮，感染性病沾黏的子宮，更年期過後萎縮纖維化的子宮，幢幢身影占據血女人腦海。唯一一個有頭的身軀向血女人走過來，原來她已因病割除子宮。「從此身體只屬於我，而不是一生等待盛裝胎兒的囊袋。」血女人聽她喃喃說了一句話。

血女人翻了個身，衛生棉與稠密血液間擠壓出嘰嘰噥噥的細微聲音。世界上有三十多億個子宮，血女人母親也有，阿嬤也有，外甥女也有，它是一個世代相傳，埋藏在女體的中空音箱。它沒有語言。它沉默湧出猩紅暖流，傾吐女人的一生，血色歷歷。

輯五

異城人

貓流

之一——宛若貓步

是從路旁一隻小貓，追著一根羽毛玩耍，突然闖進鏡頭，我才開始拍攝流浪貓。

在我所住的城市邊陲舊社區，流浪貓是一群神出鬼沒的游擊隊。牠們往來穿梭複雜巷弄，遊走於隱僻陰暗的草叢、圍籬、防火巷、乾涸溝渠，登高爬低，耙梳著建築縫隙。牠們以柔軟靈活的身軀，深入人類龐大遲鈍的意識忽略的畸零空間，善用每一分每一寸城市。沒人比牠們更了解周遭環境的地形地貌。

脖子掛著一部沉重相機，追蹤起這群小小游擊隊並不容易。累積了許多尋找流浪貓的經驗後，有一天我發現，我的視力變得比以往更敏銳，能夠在掃過一片風景時，瞬間攫住一條徐徐游過牆腳的長尾巴。我的耳內彷彿生出許多密密觸角，接收四面八方風聲捎來的微弱咪嗚。我的腳步輕而緩，從足尖到腳跟凝聚著如戀人試探的力度，有如刀刃潛行於肌膚之上，深恐嚇跑了所有意念聚焦的對象。我甚至生出某種第六感，以為能感受到貓鬚微微的搧動，然後，「喵──」

我發現自己也成了一隻貓。一隻拙劣模仿著貓步，渴望靠近同伴的孤獨大貓。

之二──面對面，眼對眼

一些人拍流浪貓會隨身攜帶貓餅乾和罐頭，引誘牠們前來。我原沒有這種習慣。我當牠們是捉迷藏的對手，比誰的手眼更快更敏捷。

機靈的貓兒往往一見相機的黑匣子伸出一只大黑眼睛，就一溜煙躲起來，然而牠們壓抑不住好奇的天性，過一會就探出頭，看大黑眼睛走了沒，正好讓我抓緊時間按下快門，人貓一個照面，我是驚豔，貓兒愕然。

小小貓羞怯，聽到喀嚓一聲便飛奔而逃。中貓多了些歷練，走個幾步又忍不住回頭，最後乾脆駐足，著迷盯著忙碌按弄手上黑匣的人。大貓根本懶得理人，牠們將身軀舒展成L形，雙腿交疊，腦袋舒舒服服擱在腳掌上，半闔著眼，厭煩了快門聲才施施然走開，尾巴在身後一顛一顛，拍打著空氣。大貓是生存競爭中的勝利者，知道人類看似高大，行動卻笨拙不堪。牠們瞇起蜜黃青碧的眼珠，瞳孔收束成一枚黑弦月，耳尖絨毛輕顫，神情驕矜，輕蔑那只大黑眼睛鬼鬼祟祟的窺探。

透過鏡頭，我享受著窺視貓族生活的快感。但蹲在地上，與貓兒遙遙對望，我忽然生出異想：貓兒豈非也是透過瞳孔，觀察黑匣子後我調整姿勢保持平衡的慌亂？牠們蜜黃青碧的美麗眼睛，是世上最美麗的小小自動相機，記錄我與牠們之間的心照不宣。

之三——生存游擊戰

對流浪貓而言，老社區是安適的居住空間，有幽靜的午後，有停放整天的汽車可以遮涼，偶爾還有愛貓人在屋外放清水和乾糧。

但流落街頭，無可避免也有許多危險：颱風、雨季、流浪狗的追咬、同伴的競爭，更別提飢餓、皮癬、骨折、寄生蟲、細菌感染。牠們等於出生在危機四伏的戰場上，為了明天而戰。

在生命的戰場上，流浪貓自有一套生存法則和位階關係。巷口一間宮廟，對街放了幾個裝了剩菜的便當盒，原本是一位太太準備餵狗的，卻被一群貓盯上。比較肥壯的占據了最佳位置大嚼，幾隻瘦弱的小貓從附近車底下頻頻鑽出頭，猶豫是否該出去搶食，又不時朝相機投來一瞥，忌憚我的存在。有隻深橘混黑的玳瑁小貓，掛著討好的笑容，大膽挨蹭過來，大貓見狀立刻揮掌，情勢瞬間緊張起來，結果大貓只低吼了兩聲，挪個空間給新來的貓，自去一旁窩著打盹。玳瑁貓太激動，啃雞骨頭啃到掉下來，剛好兩手一抱險險接住。那股對食物的激情，是中產階級人類無法理解的。

春天的發情期，窗外的鐵皮波浪板屋頂滾起一陣陣響雷，貓兒歡愉的呻吟夾雜著鄰居的怒罵。雨季來臨，黑夜傳來細細哀泣，讓人擔心有尚未斷奶的幼貓在挨餓受凍。外頭生活如此艱難，貓兒們是否想過紆尊降貴，和人類在一個屋簷下擠擠？附近有間事務所，老闆特別喜歡貓，不但養了一頭灰白長毛波斯，還固定餵食流浪貓。放飯時間一到，街上的貓紛紛湧到事務所前，低頭大快朵頤，隔著落地玻璃門和長毛同類打招呼，吃完仍然揚長而去，在黃昏晚霞下，拖著長長影子沒入黑暗。

牠們喜愛風雨飄搖的自由勝過家的安逸。

我佩服牠們。

之四——傷毀

流浪貓儘管不如家貓潔淨可愛，不馴的眼神、矯健的步伐，自有一種野性美。

然而傷病使流浪貓並不總是美的。結滿眼屎的紅腫眼眶、骯髒蓬亂的毛髮、變色混濁的眼珠、走路一拐一拐的瘸腿，這些影像是生活烙印在肉體上的記號，是關於流浪浪漫想像的月球陰暗面。

傷貓和病貓通常不主動靠近人，因此有隻貓

令我印象深刻。

那是春天雨季某個難得放晴的日子，陽光明淨。我拍了燕子，曬在竹竿上的被單，小公園裡孩童歡呼奔跑，油菜花豔黃欲滴，紅磚牆縫隙鑽出嫩葉，滿樹瑩白小花散發濃烈香氣。

有戶人家養了一頭褐白胖貓，躲在花盆間，只露出一隻綠眼睛，盯著鐵柵欄門外的我，眼睛像顆綠星星在花草間閃爍。我蹲在鐵門外，舉著相機和綠星星玩著名副其實的躲貓貓，孩子般快樂，連不遠處尖銳的電鑽聲都不在意了。大太陽下，一切愉悅美好。

正當我心滿意足站起來，一隻高踞腳踏車上的貓轉過頭。在鋪墊在腳踏車的黃雨衣襯托下，牠的一身白毛分外觸目，雙耳蔓延至額頭的灰毛圈出一小塊臉面，稀疏白毛間透出粉紅嫩肉，大概生了皮膚病，額上一道深深傷痕，可以想見癒合前漫長的痛楚。細長眼睛藍中帶白，也是疾病的徵兆。奇怪的是，牠竟不怕陌生工人和電鑽噪音，一直蹲在那裡。

隔著一段距離，我拍了牠好幾張相。面對鏡頭，牠似乎不覺得自己醜陋，只不耐煩地抬起後腳，搔搔耳朵，微翹的耳尖透出肉色，顯示皮膚病蔓延的面積不小，這隻貓正處在逐步毀容的過程。牠這麼靠近人類，是想向我求救？抑或上天要向我揭露某種啟示？我放下相機，看著鏡頭外真實的牠。

一對情侶站在我身後竊竊私語，工人也停下動作，好奇觀看我和牠之間無聲的凝望。突然牠跳下腳踏車，一下子跑進樹叢消失了。

工人又掄起鐵鎚，一下下敲擊，愉快地談論起他們在工作時遇到的其他貓兒，情侶依偎著笑鬧著走開。只有我掛著相機，怔怔站在原地，留待傷毀的影像，從腦中令人暈眩的空白慢慢浮現，成形。

之五——遍地無常

一隻流浪貓的平均壽命是二到三年，停留在一個地方的時間更短。拍攝家附近的流浪貓一年多，感覺似乎才剛弄清楚牠們的地盤分布，貓群已然幾經更迭。

對面小巷固定停放的汽車，是冬暖夏涼的庇護所。我每每蹲在車尾，把頭歪到時針六點三十分處，從近乎貼著地面的角度，拍攝窩在裡頭的貓兒。

起初車底的住客是一對形影不離的橘虎斑，一隻雜著細細的灰條紋，一隻前胸和前腳布滿一片潔白。夏天再造訪車底，相機觀景窗憑空亮起兩個小黃月亮，一隻黑貓瞪大眼睛，被鏡頭嚇得手腳僵直，旁邊一隻白臉花貓嫵媚橫陳，斜睨著黑貓，像是在嫌棄同伴大驚小怪。最近一次來看，又換成一隻灰黃虎斑和黑橘白三花幼貓。小三花眼鼻間沾上一撇黑墨，怪趣的小臉嵌著楚楚可憐的大眼，緊黏著虎斑不放。

這是貓族的車底公寓故事，永遠是兩隻相伴，兄弟姐妹或母子母女的組合。在逼仄的一方小天地，牠們整日酣眠，做著曠遠的夢。

宮廟周圍的貓群又是另一個故事。一位阿伯告訴我，這裡的四隻小貓兒都是同一隻虎斑所生。虎斑媽媽黑紋斑斕，眼睛一大一小，表情透露出與娃娃臉不相稱的滄桑，帶領著兒女和其他依附過來的貓黨，棲息在宮廟和建築工地間。那裡食物充足，每隻貓兒都毛色鮮明，眼神明亮。有時午後牠們集體出巡，做日光浴，三三兩兩蹲坐在路

邊摩托車腳踏墊上。陽光照在牠們的毛皮上，泛著朦朧金光，這一剎那有西方聖像畫的靜穆。

一場車禍劃破了宮廟貓群的寧靜，被機車前輪撞到的貓兒連滾帶爬，不知逃向何處，虎斑媽媽和牠的幼貓也跑散了。過後我只要經過工地和宮廟，總會查看一下草叢和汽車底，卻總是失望而返。傷貓和牠的同伴人間蒸發般徹底消失。只有一隻加入貓群不久的小黑貓還留在工地，戒備地望著鏡頭，彷彿它是導致車禍的邪靈之眼。我也疑心是我對影像的貪婪，驚擾了貓群，毀壞了午後聖像畫的靜謐時光。

熟悉的風景在緩慢流動，鄰居們紛紛賣掉舊房舍，改建成新大樓。當老社區改頭換面，整齊劃一的空間是否還有流浪貓的容身之處？經過宮廟車禍事件，我拍攝流浪貓時比以前謹慎，小心抓緊相機，遠遠對著貓兒，全面啟動感官，注意往來人群車輛，卻意外感覺有什麼東西——比貓的腳步還輕的——涼颼颼擦過背後脊梁，幾個縱跳躍入了未來。

三個人的戀愛

如果沒談過三個人的戀愛，就不算經歷如靜電咬囓指尖的青春。

而我們總是三個，一起放學回家或在補習前吃飯，三個男孩女孩或兩男一女兩女一男，人群摩肩擦踵，只有我們可以辨識彼此的汗氣體味，悄然醞釀出蜜。有時是我和你，幼嫩情感蛞蝓般軟軟爬過心臟，怕一見光曝曬就乾癟，明知那人也喜歡你，還是拉來站在我們中間，濾去豔陽。

有時是我和你們。你們站在我左右兩邊，洶湧荷爾蒙搔著我的皮膚，我的眼睛遠遠退到一旁，旁觀你們愈貼愈近，終於我不得不在被擠出去之前，找藉口離開。雖然有點寂寞，到底是我充當了溴化銀，你們的戀情才得以在底片上顯影。靜靜觀賞你們在我面前放映愛情故事，我笑得明淨而悲哀。

最怕的是你、我，和她或他，不斷更換位置，並肩各自瞞著心事。我問你禮拜六要不要去聽某樂團，你答應得飛快，但我朦朧間感覺到，那一刻你持刀在餅上忖度，上課日給她，週末給我。另一次戀愛，我成了分餅的人，切開的卻是自己。你只要溫柔成熟體諒那一半，她接受瘋癲狂躁的另一半。下刀前我分配著眼睛、耳朵、嘴唇、手指、陰道，六隻腳踩踏的地上有我零碎屍塊，而三個人仍不肯鬆手，脫離囚禁我們的圓。

兩個人的愛情是一進一退的探戈，三個人的戀愛是孩童牽手唱跳的圈圈舞。雙手緊握溫熱的愛憎，我們在向心和離心力拉扯下，暈眩仰望滿天繁星，銀河灑進年輕的眼睛。

那天我坐在捷運座位上，前面站著三個穿同校制服的男孩女孩。多數時候女孩說話，男孩回答，另一個俊秀男孩不開口，他很美，但還不習慣被迷戀，濃髮底下眼睛透出喜悅的羞澀。女孩骨架大，微駝著背避免顯得太高，五官原本有種高個子特有的端肅，全讓情愫融成一團柔軟，兩條腿不停換腳交叉，吹泡泡般一個接一個拋出話題，渾身愛意騷動如亂草吹拂。和女孩對話的男孩時而擠在他倆中間，時而被每站湧上車的人潮沖到旁邊。他比另兩個孩子成熟，總是微笑接話，卻隱約透露知情模樣並悵惘著。他知道她喜歡另一個他，那他喜歡的是他還是她？抑或只是想要愛與被愛？車廂一角懸浮著愛的新鮮孢子，窗外夕陽將他和她和他的臉頰染成玫瑰陶坯。

女孩先下捷運，過了一站，俊秀男孩也離開了，剩下另一個男孩獨自揹著書包。陽光褪去後他臉色暗沉，下巴透出青春痘瘢痕，橫看豎看就是個普通高中男生，挨擠推搡間一晃就不見了，擋在我眼前的是一張張下班後疲倦呆滯的面孔。現實銼磨掉相聚一刻，愛的釉色。

然而三個人的戀愛，仍然總在瞬間刺痛鼻黏膜，當一代又一代年輕孩子打完球，那麼輕易地，抹乾淋漓青春。

夏日幸福考

氣溫三十五度C的正午，工地工人成排躺在騎樓下，蜷縮著休息，黝黑臂膀醃出一層鹽漬。巷口麵店籐椅下的大黑狗，像塊染壞的絨毯，摀住地面喘氣。麵店老闆娘的臉埋在蒸氣裡，汗珠顫巍巍掛在下巴，眼看就要滴進麵裡。我避開外頭眩白日光，低頭滑手機，臉書一張照片裡，被砍斷的壯碩樹身裸露著深紅傷口，枝椏錯雜傾頹。我從老闆娘手中接過乾麵，一轉身滿眼街景像半融膠凍晃盪起來。

這是盛夏的台北。這個城市綠色在消褪，冷氣大量繁殖。我們依賴它，擁抱它，最終冷氣主宰了夏日裡我們浮躁的喜悅哀傷，甚至觸發了命運的偏移。

他住在都會區邊陲，和渾身病痛的老父親相依為命，靠政府微薄津貼和父親打零工維生，從不吵著買電扇冷氣，或是買電腦和同學玩遊戲打怪。電費年年飆漲，家裡終於因為繳不起電費被斷電，父子在悶蒸的黑暗中默默相對。有天或許因為嚮往外界的電光幻彩，或許只是因為熱，他開始逃家，躲到網咖，不再對探訪的社工微笑。他是一個人生過早熱衰竭的小男孩。

她所居住的城郊老公寓周遭開始都更，電鑽聲從早到晚鑿著耳膜，人造沙塵暴襲向書房窗戶。她坐在電腦前，電扇吹拂下，腋窩腹股溝膝後彎仍涎涎出汗。明明她和同居人的用電度數逐年下降，電費數字卻愈來愈驚悚，只好盡量不開冷氣。她滿心煩躁，寫不出半個字，在臉書胡亂灑讚。情人回家時，進門一如往常亂扔襪子，她一股火氣竄上喉嚨，劈頭痛罵，情人也被激怒了，噴濺出字字句句灼燙傷人。尖叫與嘶吼拔升至最高點時，情人突然起身開了冷氣，她頓時安靜下來，憤怒的臉部肌肉暫時鬆懈不了，凝結成一副猙獰面貌。她有點眼熟。我發現，她是我。

世界在發燒，城市逐漸乾萎。在生活裡掙扎的卑微人們，夢想和綠地一樣縮了又縮，只想換取一小方寧靜。冷氣舒緩穩妥的送風，比政客可靠，比財閥良善，是金錢所能買到最實在的幸福。然而夜裡，我關掉冷氣，打開窗戶，微風拂過臉頰，我想起照片裡的斷樹殘幹，淌了一地綠血。

風中東埔

莫拉克風災發生時，我在台北看電視新聞。坍方的黃土道路，邊坡布滿大水沖刷而下的大小石礫，遠方山脈仍籠罩在眩目的白雲中，恍若風景明信片與災難紀實攝影的電腦合成圖，令我難以相信，這是不久前去過的東埔。

旅行預計兩天一夜。第一天抵達東埔時已近傍晚，遊覽車駛進逐漸深濃的山霧，抵達目的地後下車。也許因為不是旅遊旺季，儘管街上旅館林立，旅客卻稀稀落落，山產店招牌閃爍著淒清霓虹。轉身不經意一瞥，商店間夾著一條陡坡，往上是教堂，仰頭望著尖頂，十字架微明，安靜俯瞰雨中的街市。

隔天溼氣愈發濃重，滲入肌膚匯成冷流，舒快流下背脊。步行途中一段整修的黃土路，腳印凌亂，聲音被吸入葉尖凝聚的水珠內，周圍一片寂靜。隔著約一個國小操場的距離，對面山谷風景已不可見，偶爾一輛公車悄悄遁入白霧，不久忽又現身，由於無聲，更顯得神祕，彷彿人類毀滅後殘存的文明遺跡。

一路上腳下雖然溼滑，並不難走，由於是老牌觀光景點，山路鋪了木板步道。我趕上前一批遊客，路旁彎垂的枝葉似乎凍到了骨子裡，綠也綠得顫巍巍，前頭的人匆匆掠過，一甩肩樹枝彈中我的臉，水珠四濺開來，千斤墜般沉甸甸滑落胸口。

還沒走到吊橋，遠遠便可看見拔高的豎梯狀橋頭，兩端以鋼纜連結，下懸多條纖細鋼纜，橋上立有柵欄，側面望去，形成心理上的錯覺，視覺上的辯證，不知是沉重負載了輕盈，抑或輕盈垂吊著沉重？橋面由一段段木板拼接而成，中間嵌著鏤空鐵板，往下可見河谷的湍流巨岩，往前只見四道弧線拋進茫茫霧海，沒入混沌灰雨，消失無蹤。

踏上橋身時的印象非常明晰：雨淋到一種地步，綠漆柵欄烏沉成了黑鐵，粗濃墨筆一筆一畫，描出嚴正方格，有一點捍衛人身的意思，大風卻穿過上方鋼纜間隔，吹得一顆頭東倒西歪，思想也隨之動盪；鞋底觸感悠悠晃晃，虛懸在半空，永遠是下墜的柔軟姿態。透過橋面空隙，岩石表面苔蘚的青碧無限放大，水聲擴音為巨響，高度隨著冷冽空氣被吸進鼻腔，逼出眼窩一陣溫熱。懼高引發了瀕臨死亡的快感，飽脹胸膛，令人幾乎想一躍而下，投身轟隆溪流。我想起民間以過橋代稱死亡的習俗，或許前人在過橋時，也曾如我，興起跨過生死幽冥一線的詭祕欲望？

然而，這已是記憶中的風景了。幾個月後，電視螢光幕上再見東埔，對外聯絡道路已經沖毀，房屋地基半邊伸出斷崖外，隨時可能倒塌。鏡頭拉遠，滾滾泥流掩埋了遍山綠意，觸目是大地翻攪嘔吐的黃……我突然明白：這才是真正的災難，而旅程中不時冒出的莫名抑鬱，只是對未來世界，哀愁的預感。

※本篇獲二〇一二年第三十三屆時報文學獎小品文台灣山水優選。

Zi Long
QUARTZ

國家圖書館預行編目資料

當我參加她外公的追思禮拜／廖梅璇著 --初版. --臺北市: 寶瓶文化, 2017.5
面； 公分. --(Island；268)
ISBN 978-986-406-086-3(平裝)

855 106005089

Island 268

當我參加她外公的追思禮拜

作者／廖梅璇

發行人／張寶琴
社長兼總編輯／朱亞君
副總編輯／張純玲
資深編輯／丁慧瑋
編輯／周美珊・林婕伃
美術主編／林慧雯
校對／周美珊・陳佩伶・劉素芬・廖梅璇
業務經理／李婉婷 企劃專員／林歆婕
財務主任／歐素琪 業務專員／林裕翔
出版者／寶瓶文化事業股份有限公司
地址／台北市110信義區基隆路一段180號8樓
電話／(02)27494988 傳真／(02)27495072
郵政劃撥／19446403 寶瓶文化事業股份有限公司
印刷廠／世和印製企業有限公司
總經銷／大和書報圖書股份有限公司 電話／(02)89902588
地址／新北市五股工業區五工五路2號 傳真／(02)22997900
E-mail／aquarius@udngroup.com

法律顧問／理律法律事務所陳長文律師、蔣大中律師
如有破損或裝訂錯誤，請寄回本公司更換
著作完成日期／二〇一七年二月
初版一刷[+]日期／二〇一七年四月二十八日

ISBN／978-986-406-086-3
定價／二八〇元

愛書人卡

感謝您熱心的為我們填寫，
對您的意見，我們會認真的加以參考，
希望寶瓶文化推出的每一本書，都能得到您的肯定與永遠的支持。

系列：Island 268　**書名：當我參加她外公的追思禮拜**

1. 姓名：＿＿＿＿＿＿＿＿　性別：□男　□女
2. 生日：＿＿年＿＿月＿＿日
3. 教育程度：□大學以上　□大學　□專科　□高中、高職　□高中職以下
4. 職業：＿＿＿＿＿＿＿
5. 聯絡地址：＿＿＿＿＿＿＿＿＿＿＿＿＿＿＿＿＿＿

   聯絡電話：＿＿＿＿＿＿＿＿　手機：＿＿＿＿＿＿＿＿
6. E-mail信箱：＿＿＿＿＿＿＿＿＿＿＿＿＿＿

   □同意　□不同意　免費獲得寶瓶文化叢書訊息
7. 購買日期：＿＿ 年 ＿＿ 月 ＿＿日
8. 您得知本書的管道：□報紙／雜誌　□電視／電台　□親友介紹　□逛書店　□網路

   □傳單／海報　□廣告　□其他
9. 您在哪裡買到本書：□書店，店名＿＿＿＿＿　□劃撥　□現場活動　□贈書

   □網路購書，網站名稱：＿＿＿＿＿＿　□其他＿＿＿＿＿
10. 對本書的建議：（請填代號　1. 滿意　2. 尚可　3. 再改進，請提供意見）

    內容：＿＿＿＿＿＿＿＿＿＿＿＿

    封面：＿＿＿＿＿＿＿＿＿＿＿＿

    編排：＿＿＿＿＿＿＿＿＿＿＿＿

    其他：＿＿＿＿＿＿＿＿＿＿＿＿

    綜合意見：＿＿＿＿＿＿＿＿＿＿＿＿＿＿＿＿＿＿＿＿＿＿
11. 希望我們未來出版哪一類的書籍：＿＿＿＿＿＿＿＿＿＿＿＿＿＿＿

讓文字與書寫的聲音大鳴大放

寶瓶文化事業股份有限公司

（請沿此虛線剪下）

廣　告　回　函
北區郵政管理局登記
證北台字15345號
免貼郵票

寶瓶文化事業股份有限公司　收

110台北市信義區基隆路一段180號8樓

8F,180 KEELUNG RD.,SEC.1,

TAIPEI.(110)TAIWAN R.O.C.

（請沿虛線對折後寄回，或傳真至02-27495072。謝謝）